ALFREDO BRYCE ECHENIQUE

Guía triste de París

punto de lectura

Título: Guía triste de París
© 1999, Alfredo Bryce Echenique
© Santillana Ediciones Generales, S.L.
© De esta edición: junio 2001, Suma de Letras, S.L
Barquillo, 21. 28004 Madrid (España) www.puntodelectura.com

ISBN: 84-663-0344-8
Depósito legal: M-6.920-2002
Impreso en España – Printed in Spain

Cubierta: Amador Toril
Diseño de colección: Ignacio Ballesteros

Impreso por Mateu Cromo, S.A.

Segunda edición: febrero 2002

Índice

Nota del autor

He vivido y escrito ya lo suficiente como para saber que, en todo lo que hago, y hasta en todo lo que no hago, despierto o dormido, hay por lo menos un elemento altamente literario. Esto no hace de mí un poco o nada fiable Don Quijote jugando tenis o sentado en la redacción de un diario. Los tiros no van por ahí, en todo caso, pues soy, por ejemplo, hombre puntual y ordenado, y cuando he visto un molino de viento no he sentido nunca el más mínimo impulso de embestirlo a lanzazos. Sé perfectamente lo que es y puede llegar a ser la realidad y lo que es y puede llegar a ser la fantasía. Y como a la primera suelo encontrarla chata y aburrida, privilegio siempre a la segunda y la dejo entrar y circular libremente por donde le dé su real gana, en cualquier circunstancia o momento, incluso dormido, lo juro. La fantasiosa ficción baña, pues, todo lo que hago y no hago, y creo que ni yo mismo me reconocería jugando tenis de forma *totalmente* tenística, o sentado en la redacción de un diario de forma *exclusivamente* periodística.

Por ello es que seis de los catorce cuentos que conforman este libro fueron publicados hace algún tiempo en diarios y revistas de España y América latina como crónicas viajeras y periodísticas, dentro de una serie titulada *Crónicas parisinas*, que la agencia EFE tuvo a bien adquirir y distribuir. Obviamente ocurrió que en esos textos la fantasía terminó haciendo de las suyas y le dio un peso fundamentalmente literario a lo que en principio debió ser periodismo antes que nada. Pero lo más divertido de todo es que, al retomar esos seis textos para fraguarlos como cuentos, suprimí más elementos literarios que nombres de personas que vivieron en París o hechos reales que, en efecto, ocurrieron ese año, ese día y, a lo mejor, hasta a esa misma hora. ¿Por qué? Pues porque ello ayudaba mucho a que la idea de guía, en *Guía triste de París*, ganara en verosimilitud. Porque guías prácticas hay, y buenas y malas, pero que yo sepa no existen guías tristes, y mucho menos de París.

La historia del cuento «La muerte más bella del 68» también es divertidamente literaria, ya que en su primera versión fue un encargo de la editorial Alfaguara para un libro de homenaje a los cien años del cine español: *Cuentos de cine*. Escribirlo como encargo y como homenaje fue divertido, sí, pero también sumamente trabajoso, y a lo mejor lo corregí incluso demasiadas veces.

Pasado el tiempo y releído con la intención de convertirlo en un séptimo cuento para mi *Guía triste de París*, lo que más me gustó y hasta conmovió de este cuento fue habérselo dedicado a un gran amigo. El hombre merecía mucho más que ese texto en estado de encargo y homenaje, y créanme que me costó un gran trabajo recuperar la cortazariana libertad de mirada adamita, y lograr sentarme de verdad cual tenista que juega en la sala de redacción del diario de noticias en el que escribo en mi casa, privilegiando exclusivamente esa verosímil forma de la fantasía que es la gratuita ficción.

Los otros siete cuentos no tienen más historia que la de su propia escritura. El azar los hizo encontrar su orden, su debido lugar, en esta *Guía*, aunque algo muy importante para mí los une profundamente a los otros: después de varias novelas, yo andaba muy nostálgico de ese endemoniado género llamado cuento.

Alfredo Bryce Echenique
Madrid, marzo de 1998

El cielo de París tiene sus propias leyes, las cuales funcionan con independencia de la ciudad que hay abajo.

PAUL AUSTER,
La habitación cerrada

Siempre vivimos por debajo de nuestras ilusiones, Sonia. Para eso tenemos ilusiones, finalmente. Para tratar de vivir por encima de lo que seríamos sin ellas.

CARLOS CERDA,
Una casa vacía

Parigi è piu simbolo di un altrove che un altrove. E poi sarà propio vero che abito a Parigi?

ITALO CALVINO,
Eremita a Parigi

Paris, singulier pays, où il faut 30 sols pour diner, 4 francs pour prendre de l'air, 100 Louis pour le superflu dans le nécessaire, et 400 Louis pour n'avoir que le nécessaire dans le superflu.

Paris, ville d'amusements, de plaisirs, etc., où le quatre cinquième des habitants meurent de chagrin.

NICOLAS DE CHAMFORT,
Maximes et pensées, caractères et anecdotes

Machos caducos y lamentables

A Micheline y Jean Marie Saint Lu

A Remigio González le había dicho su padre, cuando lo despidió allá en su Lima natal, que no se anduviera con cuentos en París, que le sacase un enorme provecho a su beca para estudiar cooperativismo y que, por encima de todo, mucho pero mucho cuidado con pescar una gonorrea en invierno. «Hijo mío», le había concluido su padre a Remigio González, hablándole de hombre a hombre y abrazándolo entre paternal, brutal, y los hombres también lloramente, ante la puerta de embarque número cinco del aeropuerto de Lima. «No olvides, mijito mío de mi alma, que yo soy la voz de la experiencia y que también viví mi París de soltero, allá por el año veinticinco. Y créeme que un invierno en París es cosa seria y que con gonorrea el asunto se pone ya de necesidad mortal. Y recuerda siempre que, por más de la puta madre (con el perdón de aquí tu señora madre) que esté una franchutita, en el fondo de su alma no es más que una pe. Y jamás olvides que la piba más bella del Barrio Latino terminó convertida en una madame Ivonne, en Buenos Aires, según canta en un tango el inmortal Carlitos Gardel, que de minas francesas supo casi tanto como Dios, porque además nació en Toulouse de Francia. Todas, mijito, dan muy mal pago y gonorrea. Y todas, todititas, son como la Brigitte Bardot esa, que mucho acentito lindo y mucho pimpollo y pepa de mango, pero que de BB nada y de pepé todo.»

Después el padre de Remigio González le cedió la palabra, el último abrazo, el beso conmovedoramente prolongado y el llanto a mares, a aquí tu señora madre, que ante la puerta de embarque y última llamada número cinco del aeropuerto de Lima, sólo atinó a desgarrarse aún más, aunque logrando a pesar de todo exhalar un lamentable y último suspiro de limeña. Consistió éste en la promesa eterna de llevar el hábito color morado del Señor de los Milagros, cada mes de octubre, porque en octubre se estaba embarcando suijito, y porque el Señor de los Milagros no le fallaba nunca a nadie y era también el Señor Cristo moreno y patrón de la ciudad de Lima, hijito mío del alma, adiós, adiosito, adiós.

Soplaban vientos de otoño, de 1964, y de Charles Aznavour cantando *La bohème* y *Comme c'est triste Venise*, cuando entre varias decenas más de latinoamericanos de ambos sexos y del más amplio espectro y aspecto (cholos chatos, multiformes y todo-terreno, mulatos alegres al principio, pero luego los peores para aguantar inviernos de comida sin picante y lontananzas sin ritmos patrios, una minoría negra, entre serena, virreinal y muy en su lugar, o sea sólo por encima del indio, ningún indio de eme, un pelirrojo como Dios manda, arios bajo sospecha, y un millonario de verdad, que quería empezar de cero, como empezó su padre), Remigio González ocupó por primera vez su lugar en la cola del edificio Chatelet donde chicas y chicos españoles y latinoamericanos cobraban mensualmente la beca del gobierno francés.

Él era el pelirrojo de verdad. Y era tan alto y pelirrojo y fornido que ya casi no parecía un latinoamericano sino un actor de Hollywood años cincuenta representando el papel de *Un americano en París*. Pero no, qué va. A Remigio González, a pesar de la gonorrea mortal de su padre y del hábito desgarradoramente morado de su señora madre, su alma-corazón-y-vida lo delataron como un gran seductor *made in Perú* y muy años sesenta, o sea ya casi decimonónico, en el preciso momento en que llegó a la ventanilla de pago y la funcionaria de turno —que no estaba nada mal para ser una funcionaria de turno y porque en tiempo de guerra todo hueco es trinchera y *La bohème, la bohème...*, de Charles Aznavour—, con el fin de ubicar el sobre con sus miserables cuatrocientos ochenta francos mensuales, le preguntó su nombre, nacionalidad y la rama del saber que lo había traído a Francia. Sintiendo y tarareando el orgullo y la felicidad de ser peruano, *de haber nacido en esta hermosa tierra del sol, donde el indómito inca prefiriendo morir, legó a mi raza la gran herencia de su valor*, etcétera, etcétera, y con su mejor espíritu de futbolista peruano con camiseta patria en estadio extranjero, Remigio González untó su voz con miel de abejas y néctar de los dioses, y se presentó:

—*La bohème, la bohème*, mamasel mamacita. *My name is* Remi, aunque sólo para ti, soy *made in Perú*, de pies a cabeza, y mi especialidad en el saber es la de *latin lover*, pero latino, además, lo cual es, como quien dice, un primer valor añadido...

Iba a agregar mucho, mucho más, el inefable, caduco y lamentable Remigio González, iba a preguntarle a qué hora salía del trabajo mamasel mamacita, cuando la funcionaria le rompió en sus narices el sobre con sus cuatrocientos ochenta francos del alma y del mes, a gritos se lo rompió, además, llamando a su jefe y éste luego a la policía, por si las moscas, mientras en la cola enfurecían los españoles porque ya basta de tanta espera por el pelirrojo ese de eme, coño.

Entre los latinoamericanos, en cambio, nació al unísono la más alegre solidaridad anti Remigio González cuando una panameña desenfadada, de buen ver y mejor estar en este mundo, gritó, autoritaria y lideresa: «¡Que cobre el que sigue y que viva el mambo de Pérez Prado. Y usted, compadre *made in Perú*, lo menos que agarra este mes para dormir y comer es un muelle del Sena *by night*, o sea que mucho ojo con los *clochards*, que también los hay del otro equipo!». La verdad, hasta Simón Bolívar habría aprovechado ese momento de total concordia latinoamericana para crear un gran estado fuerte y unido al sur del río Grande.

«Saravia», me dije, lo menos bolivarianamente que darse pueda, y profundamente triste, mientras observaba el avergonzado y solitario caminar de cabeza gacha con que Remigio González abandonaba el edificio Chatelet. «Saravia», me repetí, abandonando en seguida mi lugar en la cola para acercarme al pelirrojo más derrotado que he visto hasta hoy en mi vida.

Pero que hay gente que hasta la muerte es como Remigio González, aprendí en aquella oportunidad, cuando al acercarme y presentarme pude comprobar la existencia real de individuos que, por decirlo de alguna manera, se crecen ante la adversidad cuando tienen ante sí a un tipo aún más imbécil que ellos. Remigio González no sólo me dejó con la mano tendida, sino que pegó un escupitajo que me rozó un zapato, olvidó por completo y para siempre que acababa de portarse como un imbécil y, recuperando la totalidad de su metro ochenta y cinco y el esplendor rojo de su engominado pelo, cruzó la calle como quien cruza un baile limeño muy 1960 para matar a una hembrita con sus andares y su mirada, y partió hacia un millón de conquistas amorosas.

Volví a entrar al edificio, y me disponía a ubicarme en el final de la cola, cuando un español me dio la voz y me dijo que me había estado guardando mi lugar, delante de él, en esa cola.

—Mi nombre es Ramón Torres —me dijo—, y vengo de Madrid a estudiar sociología. Debo confesarte que llevo un buen rato observándote y que eres el único aquí que no se ha pasado todo el rato mirándole el culo a las mujeres. ¿Cómo te llamas?

—Saravia... Juan Carlos Saravia... Muchas gracias por guardarme el sitio.

—Nada, hombre... ¿Peruano?

—De Lima, sí. Y he venido a estudiar literatura francesa.

Ramón Torres fue mi primer amigo en París. Y fue también mi maestro. Y, aunque con el tiempo el hombre se politizó en exceso y sólo vivió para su causa, siempre hizo una risueña excepción conmigo, como si aquel fracaso mío con el cretino de Remigio González le hubiese abierto una pequeña brecha en el corazón de paredón que reinaba entre la izquierda de aquellos años. Me refiero, claro, a los hispanohablantes, a los españoles, y sobre todo a los latinoamericanos. Mezclado con éstos, y al mismo tiempo no sintiéndome jamás completamente mezclado con nada, aprendí que era gente peligrosa por un hecho fundamental: porque es malo creer a ultranza en una idea, sobre todo cuando sólo se tiene una sola.

En fin, como el semanario que todos leíamos en aquella época, *Le Nouvel Observateur*, muy pronto me descubrí convertido en una suerte de nuevo observador, a menudo condenado a fracasos como el que había experimentado sólo por apiadarme de Remigio González. Y entonces parecía un espectador taurino que, en medio de la más apoteósica faena, descubre que a la roja y grave muleta del torero le falta un pespunte y que en cambio la capa trae una alegre y hermosa perfección que le permite al matador ejercer con plenitud la personificación de su arte, o sea aquello que Joselito llamó el estilo, y que según él no era otra cosa más que la gracia con que se viene al mundo.

Por todo ello puedo decir, hoy, que al inefable matador de hembritas parisinas Remigio

González le faltó siempre un pespunte y que nunca me cansé de observarlo. En otoño llevaba siempre un impermeable a lo Albert Camus y Humphrey Bogart, y esquinaba por todas las calles del Barrio Latino, poniéndose en marcha, eso sí, no bien pasaba una mamasel mamacita digna de que él pusiera en funcionamiento la estudiada y presumida ciencia del enamoramiento que allá, en su Lima de barrio chico y cortas miras, le había resultado tan exacta como infalible. Yo conocía sus itinerarios preferidos y me dedicaba a observarlo con tanta curiosidad como piedad. ¿Cuál era su error? ¿Cuál era la razón por la que, una y otra vez, tarde tras tarde y noche tras noche, abandonara el Barrio Latino sin una sola presa? Yo creo que era que ya las muchachas de aquel momento parisino y cosmopolita ni lo entendían. Y que poco a poco el altivo pelirrojo empezaba a parecerse cada vez más a un desamparado indio que baja a Lima desde sus andinas alturas y quiere preguntarnos algo desesperadamente, en un idioma que le es ajeno. Se ha dicho, y es cierto, que por Lima uno puede cruzarse con un hombre que acaba de llegar, por ejemplo, del siglo XVI. Pues eso es lo que creo yo que le ocurría al pobre, pero en París.

Porque cuando llegó el invierno y Remigio González —que, dicho sea de paso, jamás pisó el curso de cooperativismo para el que se le había otorgado la beca— estrenó un abrigo simple y llanamente inenarrable y se engominó más que nunca su roja cabellera lacia y dijo más que nunca mamasel y mamacita y *voulez vous un café avec un péruvien comme moi à París la bohéme?*, sin la más remota posibilidad de éxito, él y su decaída fama de don Juanito —éste era su apodo, desde mediados del invierno, más o menos— no tuvieron más remedio que trasladar sus puntos de observación del devenir femenino al mundo de las hembritas árabes. Y ahí no sólo fracasó, una vez más, sino que le llegó además la noche en que una mancha estudiantil árabe obró grupalmente, asestándole tremenda paliza por el solo hecho de haber pisado territorio magrebí.

Y todo esto se debe, cómo no, a que un magrebí es como un latinoamericano corregido y aumentado, en todo lo que al eterno femenino se refiere. Los magrebíes respetan tu terreno con ley de hampa donjuanesca y hasta le hacen serias y respetuosas venias a tu pareja, por más bella y sublime que ésta sea. Y, ay, por consiguiente, ay de ti si te metes con una falda que les pertenece. Te aplican la ley del más macho con nocturnidad, alevosía y gran maldad, y eso equivale a que te caen de a montón magrebí y te dejan bien pateado en el suelo y convertido en carne de ambulancia.

Y a aquella soberana paliza se debió la prolongada desaparición del Barrio Latino, sus esquinas y sus calles, del ya pobrecito Remigio González, y también su coja y tardía reaparición primaveral en el bulevar Saint Michel... Dicen que el genial dramaturgo y escritor don Ramón del Valle Inclán fascinaba a las mujeres contándoles mil y una versiones de la pérdida de su brazo. Limitémonos a decir que, definitivamente, Remigio González no escribió *Divinas palabras* ni *Tirano banderas* ni nada que se le parezca, ni muchísimo menos tampoco. Y que con la llegada del verano y, tras un fracaso en el ambiente de las latinoamericanas, redujo al máximo su campo de acción y ya sólo probó suerte sin suerte alguna entre sus compatriotas peruanas. Y que se fue de París sin saber absolutamente nada acerca de París y que en Lima se quedó calvo tan rápido que, hablándole muy de hombre a hombre, su padre le preguntó si por casualidad no había sobrevivido con las justas a una gonorrea en primavera o en verano, porque la gonorrea en el París de 1925 del señor González padre también solía ser menos maligna y mortal en estas estaciones que en invierno.

Yo hubiera pagado por asistir a aquella conversación de hombre a hombre entre un padre de 1925 y un hijo que regresó del frente de batalla, en 1966, sin una sola condecoración y sin haber aprendido absolutamente nada sobre cooperativismo. Pero yo no estaba en Lima cuando Remigio González regresó de la guerra y perdió lastimosamente su engominado y lacio pelo rojo, muy probablemente debido al clima desalentador y gris en que debió recordar uno por uno los momentos mil en que no logró disparar un solo tiro en París. Y eso que era terco como una mula, el lamentable y caduco Remigio. Esto me consta, porque entrado ya el calor fuerte del verano parisino, hizo una última aparición donjuanesca por la rue des Écoles.

Tuve el triste privilegio de cruzármelo en mi camino y me detuve para verlo avanzar en dirección nada menos que al Panteón, con unos pantalones que ni un torero soportaría, de tan apretados, y una amplísima camisa hawaiana de mangas súper cortas y que le colgaba por delante y por detrás con dos grandes faldellines. Mataba como nunca el asfalto poblado de féminas con su andar de torero matón en prostíbulo barato o de esbirro de dictadura *banana republic* en vacaciones. Ahí lo dejé, camino al Panteón, sin que una sola muchacha se dignara pegarle una miradita siquiera a aquel gran macho del novecientos.

Y seguí caminando por ese Barrio Latino poblado de latinoamericanos, en el que ya se leía a un Miguel Ángel Asturias, un Julio Cortázar, un

Mario Vargas Llosa. Y en el que todos los latinoamericanos eran de izquierda. Sí, todos eran de izquierda. Hasta los de derecha en vacaciones lo eran. Todos, toditos lo eran en aquel entonces barrio estudiantil por el que yo continuaba caminando y tarareando una canción que años atrás había dado la vuelta al mundo, creo:

Pobre gente de París
No la pasa muy feliz...

Verita y la Ciudad luz

A Noële y Jean Franco

«¡Mamita! ¡Qué tal par de cretinos!», fueron las primeras palabras que le escuché decir a Verita. Aún no lo conocía, ni sabía quién era, ni sabía tampoco que era peruano ni en qué momento había hecho su aparición en L'Escale, un pequeño, muy oscuro y sumamente atabacado local musical, situado en la rue Monsieur le Prince, entre los bulevares Saint Germain y Saint Michel, y en pleno corazón elegante del Barrio Latino.

Sin embargo, L'Escale distaba mucho de ser un local distinguido o mínimamente elegante, siquiera, y ahí uno se instalaba como podía en mesitas apretujadas y se sentaba en incomodísimos y muy bajos taburetitos, sin saber nunca muy bien qué hacer con las piernas. Pero aquel simpático y muy popular antrillo era algo así como la meca musical de los latinoamericanos en la época en que llegué a París y lo seguiría siendo muchísimos años después. En él habían cantado o tocado la guitarra, el arpa, la quena, el charango y

25

qué sé yo cuántos instrumentos más del folclor latinoamericano, con la única finalidad de ganarse un con qué vivir, jóvenes promesas de las letras y de las artes, como el venezolano Soto, cuya obra plástica adquiriría con el tiempo renombre universal. Y a él acudía cada noche, a escuchar su música y beberse tintorros y sangrías de nostalgia, o simple y llanamente a divertirse con un grupo de amigotes o con una chicoca, toda una fauna proveniente de cuanto rincón pueda encontrar uno entre el Grande y la Patagonia.

Una noche estaba yo ahí sentado con mis amigos y compatriotas Carmen Barreda, futura gran pintora peruana, Raúl Asín, futuro abogadazo y hasta presidente de una gran empresa, y el simpático y siempre muy correcto Carlos Condemarín, otro mayúsculo futurible más, y no sé bien si hasta ministro aún en pañales, pero sí algún día presidente, me parece, de algo tan importante como el Banco de la Nación o el de Reserva del Perú, o qué sé yo, pero a lo grande, eso sí.

Y estábamos de lo más tranquilos con nuestra jarra de sangría, escuchando canciones paraguayas, pasillos ecuatorianos y *Juan Charrasqueado*, nuestra ranchera preferida, cuando a alguien se le ocurrió mandarse *La cumparsita* y dos bonaerenses casi se nos mueren juntitos de nostalgia, a pesar de encontrarse ubicados en las dos mesas más distantes que había en L'Escale.

—*Llo* no aguanto más sin Buenos Aires —se quejó amargamente el bonaerense invisible de la mesa del fondo del negro local.

—Y *llo* mucho más que vos —se amargó lamentablemente el invisible de la mesa justito al pie del estrado.

—Fijáte que *lla* llevo tres días desde que salí —dialogó en la oscuridad el *llo* del fondo invisible.

—Y *llo* toda una semana —empezaba a batir su propio récord el invisible de al lado del estrado, cuando se oyó que un tipo soltaba la carcajada, al tiempo que encendía un encendedor Zippo y se ponía la tremenda mecha encendida en la cara, para que lo vieran bien y oyeran aún mejor su irónico y exclamativo comentario:

—¡Mamita! ¡Qué tal par de cretinos!

Era Verita, por supuesto, y resultó ser peruano y bien macho, si lo pide la ocasión, y hasta se puso de pie con el Zippo de fogata, porque aquí el que ronca ronca y qué, pero felizmente los bonaerenses ni lo vieron ni lo oyeron, de puro enfrascados en la nostalgia en que se hallaban.

Así conocimos a Luis Antonio Vera, alias Verita, por lo entrañable y simpático que era, ingeniero agrónomo de profesión, enólogo de especialización, en Francia y donde haya buen vino, hombre de sonrisa eterna que jamás en su vida había tenido un problema, y que en su enológico y motociclista recorrido por los viñedos de Europa y media, iba dejando una estela de alegría y positivismo absolutos y contagiosamente maravillosos. Porque para Verita todo lo bueno era posible y todo lo malo simple y llanamente imposible. Verita era un ejemplar único de peruano optimista de principio a fin y de cabo a rabo, de sol a sol y de año tras año y década tras década, mañana, tarde y noche. Yo, un día, por ejemplo, le pregunté por César Vallejo, el más metafísicamente triste y pesimista de todos los peruanos, que ya es decir, y que incluso consideraba muy seria y gravemente la posibilidad de haber nacido un día en que Dios estaba enfermo...

—No me vengas con cuentos, hermanito —me interrumpió Verita, agregando—: Sin ánimo de querer discutir con todo un hombre de letras de cambio, je je, como tú, permíteme decirte que, por más grande y genial que fuera Vallejo como poeta, sólo a un huevas tristes se le ocurre pensar una cosa semejante, y además soltártela en un poema.

—Bueno, pero se le ocurrió.

—Púchica, hermanito. Ponme tú al Cholo

Vallejo delante y le meto tal inyección de desahuevina que lo convierto en Walt Whitman. A ese hombre seguro que le faltaba una buena hembrita y uno de esos vinos cuyo secreto sólo posee este pechito.

Así era Luis Antonio Vera, Verita para sus amigos y Varita Mágica para sus amigas. Todavía lo recuerdo, corriendo en su moto por todo París con una chica en el asiento posterior. Y una chica distinta, cada día. Y, sin embargo, Verita no era un donjuán ni un veleta, ni era tampoco un motociclista que recorría Europa dejando un amor en cada puerto. Verita era simple y llanamente simpático y contagioso. Sí, sumamente contagioso. Porque durante el año que permaneció en París todos conocimos montones de chicas encantadoras y muchos incluso nos casamos. Yo, el primero. Y nadie tenía un centavo para celebrar su boda pero eso no fue jamás problema alguno para aquel muchacho tan generoso como entrañable y alegre. Se conquistaba al primer dueño de restaurante que conocía, organizaba una colecta en pro del amor, y todo quedaba pagado en un comedor especial que él hacía cerrar para los festejos, aunque con una extraña condición, eso sí: que lo dejaran sacar a la novia cargada del restaurante cuando terminara el bailongo.

—¿Y eso por qué, Verita? —le pregunté un día.

—Para entrenarme, hermanito —me decía—. Porque el día que Verita ame, nadie va a amar como Verita. Y a su hembrita la va a llevar cargada por el mundo entero.

—¿Y por qué no te entrenas cargando a todas las chicas que paseas en tu moto?

—Pa' que no se hagan locas ilusiones, pues, hermanito. Cargando a las novias de mis amigos nadie se hace ilusiones y en cambio Verita se mantiene en forma para el gran día del amor.

Verita, que jamás conoció ni oyó hablar del caduco y lamentable Remigio González, el peruano aquel que tiempo antes de su llegada se pasó un año entero en París dedicado única y exclusivamente a meterle letra a cuanta chica se cruzaba en su camino, y que abandonó la Ciudad luz con cara de héroe muerto de batalla perdida, tras haber llegado con un optimismo guerrero que ni los generales Eisenhower, Patton y Mac Arthur juntos, Verita, que con su permanente sonrisa, sus ojitos chinos de felicidad y vivaces y locuaces miraba a mil sitios al mismo tiempo y de cada uno de ellos le llovía una muchacha para su moto, Verita, sí, era una suerte de inmensa y definitiva reivindicación del honor perdido por un peruano tan cretino como creído y tan caduco en su estilo como lamentable en su grosera ambición. Verita nos había dado, en cambio, y nos seguía dando cada día, lo mejor de su campechanismo, de su naturalidad, de su nobleza y de su contagiosísima alegría. O sea que Verita se merecía lo mejor, y lo encontró en París.

Y había que verlo y oírlo cuando nos hablaba de su Ingrid, con su habitual plaga de diminutivos: «Una alemanita, hermanito, una diocesita, una virgencita de altar». Y se montaba en su moto y salía disparado a sus cursos intensivos de alemán en el Instituto Goethe de París. Y nos mostraba feliz las buenas notas que iba acumulando mientras su Ingridcita visitaba a sus padres en Alemania para anunciarles su inminente boda con el enólogo peruano diplomado *summa cum laude* en la lengua de Goethe y todo. Y la esperaba soñando en diminutivo y con la más grande y feliz ternura que he visto en mi vida. Y por mi departamento caía a cada rato para mantenerse en forma, cargando un rato a mi carcajeante esposa. Y de mi departamento corría al de otro amigo y luego al de otro y así de visita en visita para que uno tras otro los amigos le prestáramos cinco minutitos a tu señora, hermanito, para que cuando mi Ingridcita regrese yo esté en forma para llevarla cargada por el mundo entero y sus viñedos...

Nevaba el día en que tomamos conciencia de que hacía varios meses que nadie veía a Verita. Y fuimos varios los amigos que nos acercamos al departamento en que vivía, en busca de noticias. Un portero locuaz nos hizo saber que el señor Luis Antonio Vera había sufrido algún tipo de dolencia y que también algún problema personal o sentimental lo había hecho vender su motocicleta, cancelar su contrato de alquiler y desaparecer de la noche a la mañana, sin despedirse de nadie.

Tuve que esperar un año para enterarme, de la forma más casual, que Ingridcita, su alemanita, su diocesita y virgencita de altar, no sólo lo había estafado, dejándolo sin un centavo, sino que al mismo tiempo le había transmitido una enfermedad venérea. Me lo contó un estudiante de medicina que conocí una tarde y que, al enterarse de que yo era peruano, recordó el caso de un pobre compatriota mío que, encontrándose en la miseria, se había prestado como conejillo de indias en una clase práctica de la Facultad de Medicina, a cambio de un tratamiento gratuito. Se llamaba Luis Antonio Vera y un catedrático de la Facultad lo había expuesto en su clase como ejemplo de lo que puede ser una feroz gonorrea, ante un grupo de muy atentos alumnos.

Y que tenga usted un feliz
año nuevo, Parodi...

A Christiane Tarroux y Jean Claude Follin

No... Nunca he podido soportar que hasta sus amigos vayan diciendo por ahí que el señor Parodi no es más que una parodia trágica y cómica de sí mismo. Aunque sus amigos dicen parodia tragicómica, con una sola palabra, sólo porque tienen más nivel que uno, y después van por ahí matándose de risa y agregando que maldad, lo que se llama maldad, no hay en ello, sino que se trata de una broma con juego de palabras y con su poquito de humor negro. Se trate de lo que se trate, ustedes no saben lo que a mí me duele que la gente ande diciendo cosas así de una persona que, además de llevarme de ayudante cada vez que pesca un cachuelo, se toma el tiempo de corregir constantemente mi castellano —me quedé en primero de primaria y esas cosas de nuestros países—, porque en lo del castellano el señor Parodi sí que es muy exigente, y en cambio del francés opina que basta con el indispensable para sobrevivir en París, o sea más o menos lo mismo que con la comida.

No... Yo nunca he podido soportar que hasta sus colegas pintores anden diciendo esas cosas con parodia del señor Parodi, tan buena persona y tan gran artista, al menos a juzgar por el tamañote de algunos de sus cuadros, que después ni sitio tiene para guardarlos, por más que los enrolle y los enrolle. Porque qué diablos sabe la gente, además, y a lo mejor algún día el señor Parodi se nos muere como Van Gogh, o sea inédito, pero en pintura, salvo por aquel cuadro que le compró su hermano para ayudarlo a pagar sus deudas, de tal manera que de nuevo pudiera empezar a endeudarse...

No... Ustedes no saben cuánta pena me da esta sola idea, cada vez que a él le da por explicármela así, tal como yo se las cuento ahora a ustedes. Y es que, con algunas copitas de más, el señor Parodi siempre se arranca con el cómo y por qué él se puede morir como Van Gogh y me vuelve a explicar quién fue Van Gogh, que yo al principio no lo sabía muy bien y seguro que ustedes tampoco lo sabían hasta esta tarde...

Bueno, ya les digo que a lo mejor algún día el señor Parodi se nos muere incluso más inédito que Van Gogh —porque fue a éste, a Vicente Van Gogh, y no a mi jefe, a quien su hermano le compró un cuadro, entre otras cosas porque el señor Parodi afirma, con y sin sus copitas, que no tiene ni un solo pariente en este perro mundo—, y después pasa el tiempo y resulta que cada una de sus pinturas, hasta las más chiquititas y las que no pasan de ser un esbozo o un simple dibujito, cuestan más caro en el mercado internacional del arte, que así se llama, que medio museo del Louvre...

... ¿Que todavía no sabes qué es el museo del Louvre...? Pues pregúntaselo aquí a tus amigas que ya llevan más tiempo que tú en París... ¿Que ustedes tampoco lo han visitado nunca...? Vaya semejante cosa, con tanto tiempo de empleadas en familias adineradas. Bueno, que sí, que yo trabajo con un artista que también pinta casas, pero sepan ustedes que antes de conocer al señor Parodi, en qué no habré trabajado yo, y entérense también de que el Louvre es un museazo donde todo cuesta de un millón de dólares para arriba, y en el que sólo los cuadros de Vicente Van Gogh costaron en su momento lo mismo que los del señor Parodi en este momento, o sea nada... Sí, ese museote que queda por las Tullerías, sí...

Yo, en todo caso, al señor Parodi le deseo la misma suerte que, sin duda alguna, su hermano el comprador le deseó siempre a Vicente Van Gogh. Y es más, les juro que no bien pueda le compro un cuadro y le pago todo lo que tengo por él, hasta la camiseta... Mi madre es de Jequetepeque, y por ella se los juro. Por mi madre y por Jequetepeque se los juro, en vista de que a mi padre jamás lo conocí y ni falta que me hace ya...

Porque miren ustedes lo injusta que es la vida con el señor Parodi. Amigos sí que tiene, por supuesto, porque en nuestros países de allá, de América latina, que le dicen, siempre uno es amigo de alguien, por donde quiera que vaya. Y eso se repite aquí en París, o donde sea, entre nosotros, como con nosotros, por ejemplo, que venimos de tantos de esos países. Y pidámonos otra ruedita para brindar por eso y por el año que empieza, que hoy es primero de enero y para eso estamos, para brindar por un año siempre mejor que el pasado...

... La pedimos esa otra ruedita, ¿no...? Eso es, así me gusta... *Bistró, silvuplé*... Perdón... *Garsón, silvuplé*... Sí, búrlense, ríanse nomás, que ya les llegará su hora a ustedes también...

Bueno, pero salucito... Y perdónenme que haga otro brindis por el señor Parodi, pero es que el pobre también les pinta sus casas y atelieres a sus amigos pintores y a otros artistas amigos de éstos, y así resulta que, de tanto meterles brocha gorda a las paredes tan grandes de los atelieres, parece que le ha entrado la desesperación de pintar esos cuadros tan inmensos. E incluso, con sus copitas, el señor Parodi afirma que fachadas y muros de jardín sí que

36

no pintará jamás, aunque terminemos muertos de hambre los dos, porque después puede darle por volverse muralista, que nunca fue lo suyo, y eso querría decir que lo que en realidad se está volviendo es loco.

Salucito, sí, y otra ruedita más, ¿no...? Eso... Así me gustan a mí mis amigas, alegres hasta cuando festejan el año nuevo lejos de sus patrias tan lindas y de los seres queridos que todos tenemos siempre por allá...

Pero ya les decía que el señor Parodi resulta que no tiene pariente alguno en ninguna parte, y esto es algo que a mí también me causa mucha pena, sí, mucha mucha pena, cada vez que pienso en él... Esa soledad pintando paredes de casas para luego poder pintar sus cuadros, para poder comer, para poder vivir, y mal, en París... No, no nació con suerte, mi jefe, y si no fíjense nomás lo que le pasó anoche, ahí, en mis narices, y nada menos que en plena embajada del Perú...

¿Que qué hacía yo en una embajada...? Pues se equivocan si piensan que fui a ayudar con los tragos y los bocaditos, o a cocinar y servir la mesa, como ustedes en las casas en que trabajan. No, de eso nada, les juro, y sin ofender. Yo fui invitado por el señor Parodi, que es amigo del señor embajador, o que por lo menos lo conoce lo suficiente como para que éste lo invite siempre a la fiesta que le gusta organizar para recibir cada nuevo año. Y además le dice que se traiga a las amigas o amigos que desee. Y como el señor Parodi amigas no tiene, que yo sepa, al menos, y afirma que el gobierno del general Velasco es de izquierda, este año me llevó a mí a la embajada, por ahí a unas cuadras nomás de la plaza de l'Étoile...

Aunque mejor no me hubiera llevado a ninguna parte, el señor Parodi. Hubiera preferido, les juro, quedarme bebiendo solo en mi cuartito techero, antes que ver lo que tuve que ver en esa residencia tan histórica y tan elegante y con ese señor embajador tan simpático y tan democrático con todos y cada uno de sus invitados, hasta conmigo. Whisky me invitaba y todo, les juro, y los amigos del señor Parodi como que se olvidaron de su parodia y también lucían contentos y muy corteses con mi jefe y conmigo. O sea que ya yo me había despercudido bastante y me estaba sintiendo de lo más alegre, cuando vi que al señor Parodi le entraba la más grande ilusión de su vida...

Que sí, que por una puerta del gran salón de la embajada entró una señora muy elegante y de unos cincuenta años y, de golpe, el señor Parodi como que cambió para siempre. Él, que suele ser tan calladito y escurridizo, y que a todas partes parece que llegara por la puerta falsa, de puro tímido, de puro flaco y de puro desgarbado, resulta que ahora era puritita risa y sonrisa. Y ni siquiera con sus copitas de más lo había visto yo nunca ponerse tan hablantín. Más el optimismo ese que le entró y que hasta sus mejores amigos pintores consideraron un poquito exagerado, dada la situación...

Porque la situación era que la señora tan elegante y cincuentona que entró había sido Miss Perú y Miss Mundo, de todo había sido, parece ser, pero en su debido y pasado momento, y ahora lo que era, por más que tratara de disimularlo, es una mujer bastante subidita de peso y tambaleantemente borracha. Linda quería seguir siendo, pobrecita también la señora, pero su momento ya había pasado para todos ahí. Menos para el señor Parodi, que si lo vieran ustedes...

Sí... Porque había que escucharlo hacer sus cálculos y cuando nos contaba a sus amigos y a mí que Irene Santos, que así se llamaba la ex todo, había sido la mujer de sus sueños cuando los dos debían andar por los trece o catorce años. Y bueno, pues que lo seguía siendo, que él seguía soñando con su Irene hasta ahora, y tanto como la vez aquella en que coincidieron en un desfile militar y él vio cuando un zambo empezó a punteársela, mientras la pobrecita admiraba embarazada, perdón, mientras la pobrecita admiraba em-be-le-sa-da el paso de nuestras gloriosas fuerzas armadas...

Sí... Les juro que así hablaba anoche nomás el pobre señor Parodi. Y contaba también, con lujo de detalles, de cómo él vio lo que la pobrecita de su Irene, que entonces andaba recién por sus más tiernos abriles, ni siquiera sabía qué estaba sintiendo, y de cómo él ahí mismito se abalanzó sobre el tremendo zambo aquel, de mucha mayor edad, peso y estatura, para defender el honor de su dama —aunque aquí el señor Parodi dijo damisela, lo recuerdo clarito, pobre...

Pero hasta él mismo se reía anoche de la pateadura que le habían dado, y de que Irene Santos ni cuenta se diera de nada, entonces. O sea que ahora se iba a enterar Irene Santos de quién era él. Ahora o nunca.

—Sí, dentro de unos instantes, mi Irene se va a enterar de muchísimas cosas, señores. Porque no bien salgamos todos del comedor y ella seguro se quede sola, disimulando que anda pegada a esa botella de champán, ahí le caigo yo, ahí la pesco, y ahí le cuento que un día Benjamín Parodi, el mismo que viste y calza, sí...

Y acertó mi jefe en lo de sus cálculos, porque todos menos Miss Irene abandonamos el comedor. Ella se fue a disimular junto a un mueble que había en un rincón, pero bien que se veía cuando una y otra vez llenaba su copa de champán. Y ahí, en una de ésas, se le apareció el señor Parodi, nuevamente en pleno comedor y absolutamente ilusionado y dispuesto...

—¿Viene usted a chupar conmigo, señor? Salud, y dígame su nombre, entonces...

—¡Irene! ¡Mi tan querida Irene! ¡Recién esta noche te vas a enterar de que Benjamín Parodi, hace como cuarenta años...!

—¡Hace cuarenta años yo no había nacido, so cojudo!

Esto de los cuarenta años, más el tremendo so cojudo, encima, fueron unos alaridos que se oyeron seguro que hasta la plaza de l'Étoile, y que obligaron al señor embajador a actuar con toditita su diplomacia, a pesar de su enorme nerviosismo. Y es que, según nos explicó él mismo —mirando la hora en su reloj, después a sus invitados, luego otra vez la hora, y así siempre nerviosísimo—, la señora Irene no había sabido encajar el asunto de los años que pasan, como el que acaba de pasar, dicho sea de paso, y al que dentro de un instante vamos a decirle adiós, brindando al mismo tiempo por este 1972 que nos llega y que...

Mientras tanto el señor embajador tuvo también que ocuparse de que a la señora Irene no le faltara una botella bien llena y de que se fuera calmando, ahí adentro, en el comedor. Y con harta diplomacia y conocimiento de lo que es la vida, tuvo que ocuparse además de que se notara lo menos posible la partida por la puerta falsa del pintor Benjamín Parodi, con todas sus ilusiones tan hechas pedacitos como cuarenta años atrás, y escurriéndose como nunca en el momento en que el señor embajador se le acercaba corriendo, atolondrado, ya casi sudando, con el fin de desearle bajito, muy bajito, eso sí, ya sólo nos faltaría que se entere la tal Miss Nochevieja, las buenas noches...

—Y que tenga usted un feliz año nuevo, Parodi...

Ser y querer ser del Gato Antúnez

A Annie Bussière y Edmond Cros

Aún recuerdo la fotografía que el Gato Antúnez conservó siempre. Se le veía cruzando la plaza San Martín, el día de su llegada a Lima, procedente de su provincia natal de Calca, en el departamento del Cusco, y pocos días antes de su partida a París, a mediados de la década del sesenta. El joven cusqueño de aquella foto era un muchacho muy aindiado, bastante alto y sumamente delgado, y en su hermoso rostro sonriente conservaba una expresión francamente bondadosa e incluso infantil.

Pero todos esos rasgos los iría perdiendo en muy pocos años este muchacho, desorientado como pocos, inseguro e incluso acomplejado, como si hubiese sido demasiado alto el precio que tuvo que pagar por haber llegado demasiado joven e inmaduro a una ciudad a menudo tan difícil como París. Definitivamente, afecto no le faltó nunca, pues vivió rodeado de muy buenos amigos y se casó con una muchacha francesa que realmente lo amó. En todo caso, el Gato Antúnez que dejé de ver al

43

abandonar París, en 1980, era un hombre francamente gordo e irascible, que podía convertirse en un ser muy violento, con algunas copas de más, y que solía causar graves problemas en la agencia de viajes en que trabajaba rodeado de compatriotas que siempre lo habían apreciado.

Todos solían recordar, entre sus «hazañas» parisinas, aquella madrugada de año nuevo en que, completamente ebrio, arrasó con su automóvil loco la terraza de un café, destrozando mesas y sillas, aunque afortunadamente sin causar desgracias personales. Y todos solían recordar también, por supuesto, la increíble suerte que tuvo cuando un abrumado policía de tránsito, al comprobar que el Gato no tenía ningún tipo de documentación, ni como ciudadano ni como conductor de un vehículo, le dijo que su caso era tan grave que él prefería dejarlo continuar su camino por ser ese día año nuevo.

Aunque con pena, por lo que sin duda representaron para él, yo, en cambio, he preferido recordar siempre la cantidad de veces que vi pasar al Gato Antúnez por alguna calle del Barrio Latino, probablemente con algunas copas de más, saltando al compás de una canción que había estado de moda por aquellos años:

Hay que tener personalidad,
personalidad, personalidad...

Sin duda alguna, mucho tenían que ver las palabras de esta canción con la vida de un muchacho que nunca encontró su camino en el París de los años sesenta y setenta y que abandonó esta ciudad cuando ya era demasiado tarde para él. Y es que el Gato Antúnez que yo conocí, creo que en 1966, y que aún era exacto al de la foto en que se le veía atravesando la limeña plaza San Martín, era un jovencísimo escritor inédito, de voz pausada, muy suave, de gestos sumamente finos, de mirada tristona y profunda, y tremendamente tímido. Leía muchísimo, y podía pasarse horas y horas encerrado escribiendo, pero su inmensa timidez le impidió siempre mostrarle sus relatos a los amigos y muchísimo menos enviarlos donde un editor.

Su obra crecía silenciosa y ocultamente, cuando estalló Mayo del 68 y, de la noche a la mañana, aquel muchacho que parecía haberse entregado en cuerpo y alma a la literatura, amaneció convertido en un revolucionario. En el cuartucho en que vivía, las obras de Proust, de Céline o de Vallejo desaparecieron, como por encanto, y su lugar en los estantes fue rápidamente ocupado por las obras de Marx, Lenin, Engels o de Mao. Y sobre su mesita de trabajo apareció, sujeto con cuatro pequeños clavos, aquel póster del Che Guevara mirando a la eternidad que dio la vuelta al mundo, por aquellos años.

Nuestra amistad continuó, a pesar de tantas y tan grandes transformaciones, y a pesar de que a veces me costaba trabajo contener la risa cuando el pobre Gato aparecía con el pelo tan largo como el del Che en aquel póster, con la misma boina negra, con una mirada fija en el más allá o, en todo caso, en algún lejanísimo punto del porvenir humano en el que todos los seres íbamos a ser iguales, a trabajar según nuestras posibilidades y a cobrar según nuestras necesidades. Realmente era asombroso comprobar el inmenso parecido entre aquel médico argentino metido a revolucionario y aquel muchacho cusqueño y sumamente aindiado, metido de la noche a la mañana a Che Guevara en París.

Y nuestra amistad continuó, también, cuando en la década del setenta el Gato Antúnez se casó con una joven bióloga parisina, tuvo dos hijos, y se metió a francés, algo que, no sé por qué diablos, lo hizo ganar una barbaridad de kilos y perder su apacible sonrisa y su dulce mirada. Ahora el Gato Antúnez frecuentaba el mercado de pulgas, todos los domingos por la mañana, usaba camisa blanca y corbata, de lunes a viernes, gozaba con el fútbol francés, no fallaba a un solo partido del Paris-Saint Germain, del que era furibundo hincha, y cada día se acordaba menos de que había sido escritor y Che Guevara en la década pasada. Pero lo peor de todas estas transformaciones era que el otrora muchachito cusqueño, bastante alto y muy delgado, y sumamente tímido y apacible, era ahora un gordo grandazo e irascible que cada día bebía más.

Yo vivía ya en Barcelona, en 1985, cuando me enteré de que el Gato se había separado de su esposa, de que había abandonado a sus hijos y roto con los grandes amigos peruanos con que trabajó siempre en París, y de que se había instalado en Burdeos para empezar nuevamente otra vida, esta vez como empresario independiente. Conmigo, sin embargo, el Gato mantuvo siempre esa amistad que iba ya por las dos décadas de antigüedad, a pesar de vivir en países distintos y de haber roto él con sus amigos y compañeros peruanos. En efecto, en tres oportunidades me llamó por teléfono para invitarme a participar en unas jornadas culturales que organizaba él en Burdeos, donde dirigía una pequeña empresa de viajes que, si mal no recuerdo, se llamaba Mundo Nuevo. En la distancia telefónica, su voz sonaba apacible, y mientras conversábamos tuve la agradable sensación de que él sonreía

47

alegremente allá en Burdeos, como si por fin hubiese encontrado el sosiego interior que le permitía determinar su verdadera personalidad y no andar tratando siempre de ser algo o alguien que jamás sería.

Pero bueno, no fue así. No fue así, y hasta hoy lamento que mis compromisos laborales me impidieran aceptar las tres invitaciones que el Gato Antúnez me hizo desde Burdeos. Tal vez hubiese podido ayudarlo, tal vez hubiese podido avisarle a tiempo a su familia en el Perú y a algún médico local. Pero mi viejo amigo me engañó, una vez más, y la apacible voz que le escuché las tres veces que me llamó, ocultaba sin duda a un hombre desesperado que pedía auxilio y amistad para su soledad extrema. Lo cierto es que la tercera de esas llamadas —según me enteré, tiempo después, durante un viaje a París— tuvo lugar muy pocos días antes de que el Gato pusiera fin a sus días, disparándose un tiro en la garganta. Jamás había organizado actividad cultural alguna, además.

Château Claire

A mis tan queridas «Cecilias de París»: Hare y Scorza

A quién se le iba a ocurrir que un día íbamos a ser todos ricos en París. Pero lo fuimos, a lo largo de un buen par de años, gracias a Claire X, heredera de una de las más grandes fortunas de Francia y propietaria de una célebre firma de perfumes y productos de belleza que, por las mismas razones de discreción que me han hecho darle una X por apellido a la guapísima Claire, bautizaré con la razón jurídica de Vendome S.A.

Ahí, en nuestro grupo hispano-peruano, el único rico hasta entonces había sido yo. Y lo había sido dos veces, aunque por esas cosas del azar el asunto no había pasado de verme convertido en reyezuelo del Barrio Latino, por un día, la primera vez, y en confuso y nocturno héroe de gran casino, por una noche, la segunda.

La historia de mis dos efímeras fortunas empieza una mañana en que mi esposa y yo regresábamos a nuestro departamento por la rue Tournefort. Acabábamos de ahorrar todo lo posible en nuestra compra semanal en el mercado de la Mouffetard, cuando divisé un buen fajo de billetes de cien francos tirados en la pista y pegaditos al sardinel. Pertenecían, sin duda, a alguien que al subir a su automóvil no se dio cuenta de que al sacar las llaves estaba dejando caer esos billetes que, a juzgar por lo arrugados que estaban, llevaba seguramente en el fondo del mismo bolsillo del pantalón. «Yo los vi primero», le dije a mi esposa, que hasta entonces no había visto nada, y corrí a agacharme y recoger los billetes antes de que alguien pudiera ganarme por puesta de mano.

Media hora después me había convertido ya en un despilfarrador. Y veinticuatro horas después me hallaba en la ruina más absoluta. Los billetes de mi feliz hallazgo sumaban mil doscientos francos, en una época en que nadie disponía de más de mil francos al mes, y no sé qué locura me entró, pero lo cierto es que creí que aquel arrugado fajo de mi chiripazo no se iba a agotar jamás. Y así, a pesar de las llamadas a la mesura que me hizo mi esposa, gasté demasiado en libros para ambos, intenté renovar nuestro fatigado y anticuado guardarropa, e invité a cuanto amigo encontré a lo que sería un verdadero banquete en uno de esos restaurantes que veíamos a diario, pero que estaban completamente fuera de nuestro alcance. En fin, que terminé pidiéndole dinero prestado a mi esposa y a cada uno de los amigos que había invitado. Y la verdad es que quedé tan arrepentido y avergonzado de aquel despilfarro, que pocas semanas más tarde me seguí de largo al llegar al restaurante universitario Censier y divisar un billete de cincuenta francos, que sin duda se le había perdido a un pobre estudiante. «Ni hablar», me dije, pensando que era mejor que un afortunado menos dilapidador que yo se agachara a recogerlo.

La segunda vez que fui rico en París fue con gran clase y mejor estilo, aunque la verdad es que el asunto es tan confuso que hasta hoy no sé cómo habría reaccionado otra persona en mi lugar, aquella noche en que fui rey del casino del Grand Cercle y al mismo tiempo no lo fui. Todo empezó cuando Lechuza Madueño, un alocado funcionario de la embajada peruana, jugador empedernido y borracho consuetudinario y con su itinerario, apareció por mi departamento en busca de un compañero de juego. No le gustaba beber ni jugar solo, a Lechuza Madueño, y por eso había pensado en mí para acompañarlo esa noche en su enfrentamiento con el azar y la necesidad. Alegué que no tenía un centavo y que jamás había frecuentado lugares tan elegantes como el Grand Cercle, aquel tremendo casino en plena plaza de l'Étoile.

Y seguí negándome hasta que el hombre me rogó que lo acompañara y me ofreció prestarme mil francos para que lo acompañara en su soledad de jugador y bebedor de fondo y pudiese apostar a su lado. Acepté, finalmente, y todo lo que pasó aquella noche en el Grand Cercle sería digno de un análisis legal que sirviera como jurisprudencia para casos similares, en el futuro. Porque lo cierto es que, con los mil francos que me prestó Lechuza, empecé a ganar una y otra y mil veces en la ruleta y hasta estuve a punto de hacer saltar la banca.

A mi lado, en cambio, el gran Lechuza Madueño perdía aun más de lo que bebía, lo cual ya es decir mucho, puesto que aquel tremendo ludópata había empezado apostando faraónicas cantidades de dinero. Y perdiéndolas en cada nueva vuelta de ruleta. Así, hasta el punto que fui yo quien tuvo que prestarle dinero, una y mil veces, y resignarme a ver cómo iba dilapidándose una fortuna infinitamente superior a la que él mismo había llevado al casino. Más ganaba yo, más perdía él, hasta que a eso de las cinco de la madrugada nuestra extraña asociación tuvo que enfrentarse con la dura realidad de una quiebra total. ¿Me debía millones Lechuza Madueño? ¿Era más bien yo quien le debía los mil francos iniciales a él? La verdad, nada dijo al respecto el ludópata aquel, mientras me devolvía a mi departamento del Barrio Latino. Y nada dijo tampoco cuando, agradeciéndome por la compañía, sacó de un bolsillo un elegantísimo tubito de plata, pegó una tremenda esnifada de coca, y se perdió en la madrugada, dejándome con una impresionante cara de imbécil en la puerta del edificio en que vivía, preguntándome si habría jurisprudencia para un caso como el que me había tocado vivir y, en todo caso, recordando aquella primera vez en que lo gané y lo perdí todo en unas horas, y autoconvenciéndome para siempre de que el dinero es mejor que lo tengan mis amigos, porque yo soy totalmente incapaz de administrarlo con normalidad.

Por eso me gustó tanto que Claire X fuera tan inmensamente rica y que se hubiera enamorado de mi amigo inmensamente pobre José Luis Ramonet. Mis amigos y yo podíamos disfrutar de aquella gran fortuna, pero sin dilapidarla con gastos excesivos o con préstamos sin jurisprudencia en locas noches de ludopatía. Claire y José Luis se conocieron durante una de las clases de castellano que él daba en el Instituto Berlitz, para gambetear la pobreza en una *chambre de bonne*, y a las que ella asistía sólo por matar ese tiempo tristemente muerto que les toca vivir a las multimillonarias de cuarenta años cuando se acaban de separar de su esposo y sus hijos ya son grandecitos e independientes y los negocios marchan solos, sobre las ruedas de varios gerentes, contables y administradores, y además ellas ya andan algo cansadas de organizar torneos internacionales de golf en los que participan Bing Crosby, Bob Hope, un ex presidente de los Estados Unidos y algún emir árabe.

Lo cierto es que Claire y José Luis tomaron un café a la salida de una de esas clases y a ella le hizo mucha gracia lo donjuán y simpático y entrador que era ese muchacho tan pobre, mientras que a él le hacía muchísima más gracia que Claire manejara el automóvil más caro que había visto en su vida y que, a pesar de ello, fuera tan sencilla como era guapa y elegante. Durante un tiempo, por supuesto, la flamante pareja no logró ponerse de acuerdo sobre la cama en que iban a hacer el amor. Claire prefería la desvencijada camota de la *chambre de bonne* y José Luis la maravilla de cama con dosel y empleadas domésticas uniformadas del palacete del bosque de Boloña en que ella vivía.

En cambio a nosotros, a los amigos del amante afortunado, aquel asunto nos traía por completo sin cuidado, ya que Claire nos quería y trataba como si fuéramos los hermanos de su amado y hasta nos regalaba los mismos perfumes carísimos que a él. O sea que todos vivíamos oliendo a gritos a amado y luciendo también las mismas elegantísimas prendas de vestir y de amado que ella nos hacía llegar por toneladas desde una de las fábricas de su familia. Y la verdad es que cada fin de semana en que nos invitaba a su casa de campo, que más era castillo de campo que otra cosa, el grupo entero de amigos hispano-peruanos aparecía oliendísimo y vestidísimo de debutante en algo que superaba totalmente nuestra capacidad de entendimiento.

A José Luis, que era uno de los más grandes mujeriegos que he conocido en mi vida, le prohibimos terminantemente que volviera a salir con un amor en cada puerto, mientras que a Claire le prohibimos también que volviese a abandonarnos porque el rey de Marruecos la había invitado a participar en un torneo internacional de golf con personajes como el ex presidente USA Gerald Ford o con actores como Bing Crosby o Sammy Davis Jr., que afirmaba que en este deporte de elegantísimos clubes e importantísimos handicaps, él tenía el mayor handicap del mundo pues era negro, tuerto, enano y judío, y francamente no se explicaba cómo lo habían dejado ingresar. Tanto Claire como José Luis nos hicieron mucho caso, y ni él tuvo más romances furtivos ni ella volvió a jugar golf internacional y jetsetmente.

Y cada fin de semana éramos felices y comíamos perdices en la casa-castillo de campo de

Claire, y al extraordinario vino de sus abovedadas bodegas lo bautizamos Château Claire y un millón de veces brindamos por los amantes presentes y por la futura y casada pareja. Porque era cierto que Claire y José Luis se habían enamorado perdidamente y soñaban con casarse.

Pero bueno, afirman los autores que la organización práctica de la pasión suele ser un atentado contra la pasión misma. Algo así ocurrió, en efecto, con Claire y con José Luis. Ellos, que al principio de su larga relación se peleaban por acostarse ella en la camota desvencijada de él, en su *chambre de bonne*, y él en la cama con dosel y empleadas domésticas uniformadas del palacete del bosque de Boloña, de golpe empezaron a pelear por lo mismo pero al revés. Nunca se ponían de acuerdo y cada día peleaban más. Y continuaban sin ponerse de acuerdo y ya entonces peleaban también por quítame estas pajas.

Así, hasta que llegó el día en que Claire pescó a José Luis con una amante furtiva y él la pescó a ella organizando un campeonato internacional de golf en Arabia Saudita. Casi se matan, la verdad, y ya nunca nada fue igual. Crecieron las amantes furtivas y se multiplicaron los campeonatos internacionales de golf. Después, por supuesto, rompieron para siempre y ni él volvió a tener amantes nunca ni ella volvió a organizar un torneo de golf jamás. Se habían querido demasiado, parece ser, pero cada uno a su manera. Y nosotros, en todo caso, ya nunca más usamos esa ropa tan elegante ni volvimos a oler exacto y riquísimo los unos a los otros. Ni siquiera terminamos con la existencia de Château Claire que nos regaló esa mujer sencilla y elegante, cariñosa y entrañable. Yo, en todo caso, regalé mis botellas y regresé al tintorro de los buenos viejos tiempos difíciles.

Retrato de escritor con gato negro

A Eduardo Houghton Gallo y Percy Rodríguez Bromley

Francia es, sin duda alguna, el país del mundo con mayor densidad de caquita de perro por milímetro cuadrado de calle. Y si los gatos no fueran tan independientes y meticulosos, hasta cuando hacen *puff* —aún recuerdo, casi íntegro, aquel poema tan popular en mi infancia, que en uno de sus versos afirmaba: «Caga el gato y lo tapa»—, la verdad es que nadie sabe qué ocurriría con cada milímetro cuadrado de Francia.

El tema de los animales domésticos, llamados también de compañía, puede incluso ocupar la primera plana de las más importantes publicaciones de París y de provincias, y no creo que en país alguno de este universo mundo se le haya dado tanta importancia al invento del perrito robot o del gatito ídem, como en la dulce Francia, al menos a juzgar por unos titulares en primera página del prestigioso diario *Le Monde*.

Ha sido en Japón, naturalmente —todos sabemos lo copiones que son los nipones: nadie ha logrado superarlos—, donde se han inventado los primeros animalitos de compañía robot-gatito, robot-perrito (reconoce la voz de su amo y todo) y robot-canarito, que hasta maúllan, ladran y cantan tal cual, o sea con las más sinceras y vívidas onomatopeyas. Y, por supuesto, la reacción de la Sociedad Protectora de Animales de Estados Unidos, de Francia y de otros países miembros de la Comunidad europea, no se ha hecho esperar. Toda una delegación multinacional de sus miembros, presidida por Brigitte Bardot, acaba de llegar a Tokio, con el fin de tomar cartas en el asunto y decidir si aquellos robots de compañía tienen animalidad o no. En fin, que se trata de un tema realmente delicado y que puede dar lugar a una polémica tan larga y violenta como la que, en la España del siglo XVI, enfrentara al padre Vitoria y a fray Bartolomé de las Casas con Ginés de Sepúlveda, cuando el asunto aquel de si los indios de América española tenían alma o no.

Un caso aparte es el del loro, pajarraco de compañía ante el cual el incomparable poder copión de la inventiva nipona parece encontrarse atado de pies y manos. La copia perfecta y, por ende, la animalidad, resultan prácticamente imposibles, por lo que su producción y venta en serie puede representar un grave riesgo para cualquier empresa que adquiera la patente. Y resulta lógico, claro. Porque si los dichosos loros nacieran hablando ya, nada más fácil que fabricar series enteras de robots-lorito que emitan inglés, francés, castellano, etcétera, con todos los acentos que uno quiera. Pero, cómo hacer para que un loro vaya aprendiendo poco a poco a emitir en portugués, con su acento y todo, en Brasil, por ejemplo, y —he aquí el *quid* de la cuestión— que además lo vaya haciendo paulatinamente y en la medida en que su amo desee que se ponga a hablar como una lora, o no.

... Ah, sí, hay algo más que se me estaba olvidando. Cuando los turistas del mundo entero empezaban ya a soñar con una Ciudad luz de limpísimas y nada resbalosas veredas, cuando alcaldes de ciudades grandes y pequeñas, de pueblos y aldeas de toda Francia lanzaban campanas al vuelo y hacían saber *urbi et orbi* que por fin se le había encontrado una solución a un insuperable problema de higiene y seguridad públicas, varios millones de personas han clamado, y no necesariamente en el desierto, que robots sin caquita, eso sí que no.

Y es que, si uno observa detenidamente el asunto, resulta muy cierto que no son sólo sus amos los que sacan al perrito a hacer su *puff*, un par de veces al día, si no más. Fíjense ustedes bien, y van a ver hasta qué punto son millones y millones los seres humanos que necesitan que el perrito los lleve a ellos a pasear, y no sólo por *puff*. Fíjense ustedes y verán.

Total que, en un país tan democrático como Francia, tan libre expresión y derechos humanos, tan ejemplar en estos y en otros asuntos, qué otra cosa se puede esperar más que un referéndum sobre el tema caquita-sí-o-caquita-no, responda usted *Oui ou Non*...

Pues en todas estas cosas, ni más ni menos, andaba pensando Rodrigo Gómez Sánchez, la noche del día triste aquel en que su esposa lo obligó a tomar una decisión: o el gato o ella.

—Y mira, Rodrigo, que además de todo te estoy dando una semana para que te lo pienses. Más buena de lo que soy no puedo ser, pero eso sí: si a mi regreso del sur, dentro de una semana, encuentro a ese monstruo en casa, me largo. ¿Me oyes, Rodrigo?

—...

—¡Me largo!

—Ya, Betty, ya. Ya te oí.

—Entonces, chau.

—Chau chau, mujer.

Era bastante injusto el asunto, la verdad, pues había sido Betty la que había insistido en traer al monstruo aquel al departamento enano del bulevar Pasteur. Rodrigo se opuso siempre a que le metieran animal alguno en un dos piezas en el que apenas cabían su esposa y él, y una y otra vez alegó que para tener animales domésticos se necesita una casa grande, y por lo menos un jardincito.

—Como en Lima, Betty, donde los perros y los gatos caseros son felices porque les sobra espacio para correr y jugar. Aquí, en cambio, ya sabes tú. Aquí los castran, los abandonan días enteros, los tiran a la calle en vacaciones, les pegan... En fin, piensa, Betty... Para tener un animal doméstico en París hay que ser, cuando menos, europeo. Y nosotros somos peruanos. Venimos de otro mundo... Del Nuevo Mundo, nada menos... Del inmenso espacio americano... En Lima hay casas en las que hasta un león puede correr feliz por el jardín e incluso bañarse en la piscina, sin que los niños que juegan a su alrededor corran el menor peligro... ¿Me entiendes, Betty?

—Mira, Rodrigo, si en vez de ponerte a soñar tus novelas, las escribieras...

—Juan Rulfo sólo escribió dos libritos, y es un genio, un inmortal...

—Mira, idiota, vuélveme a mencionar los dos libritos de Rulfo y yo mañana mismo, a primera hora, te traigo dos gatos, en vez de uno.

Y así, entre amenaza y amenaza, llegó Gato Negro al departamento enano de los Gómez Sánchez. Y llegó tal como se iba a ir, o sea ya viejo, ya inmenso de gordo, ya horroroso y encima de todo ya absolutamente neurótico. Llegó sin edad y sin nombre, e igualito se iba a ir, porque lo de Gato Negro era una mera convención, una forma de llamar a ese espantoso animalejo que los Gómez Sánchez empleaban sin el más mínimo resultado, sin que el tal Gato Negro les hiciera nunca el menor caso, sin que se diese siquiera por aludido ni se dignara soltarles un maullido, pegarles una miradita o hacer algo con esa inmensa cola, por lo menos, cuando de cosas tan importantes como su comida se trataba. Nada. Nada de nada.

O lo que el Gordo Santiago Buenaventura, el único amigo divertido que tenían los Gómez Sánchez, solía explicarles así:

—Ese pobre gato no está acostumbrado a oír un francés tan malo como el que ustedes dos hablan. ¿No les da vergüenza? Como treinta años en París y siguen sin aprender el idioma. Todo un récord. ¿Y qué culpa puede tener ese pobre bicho? Por más horroroso y neurótico que sea, de eso sí que no lo pueden culpar. Está en su país y tiene sus derechos.

Gato Negro jamás escuchó estas conversaciones. Jamás supo, tampoco, que entre todos los amigos de Rodrigo había uno que, por lo menos, no lo odiaba tanto. Y es que poco a poco fue desapareciendo en el departamento enano de los Gómez Sánchez. Simple y llanamente se metía en el cajón inferior de la única cómoda que éstos poseían (situada, nada menos, que en el dormitorio del dos piezas) y ahí permanecía una eternidad, antes de que alguien lo volviera a ver. ¿Cómo lograba abrir el cajón el animal ese de miércoles? Inútil intentar saberlo, porque Gato Negro era como invisible. Y el día en que al cajón le pusieron una chapa y le echaron llave, Gato Negro, silenciosísimo, además de transparente, sencillamente abrió un agujerote por el lado izquierdo de la cómoda y volvió a tomar posesión de su mundo.

De ahí sólo salía para comer, pero ¿en qué momento, diablos?

Los Gómez Sánchez se desesperaban. ¿Era total indiferencia o puro despecho lo de ese miserable gato? Rodrigo pensaba que era despecho, estaba seguro de que era purito despecho de un animal que, debido a lo enano que era el departamento, tenía que oírlos cada vez que se repetía la eterna y odiosa discusión que lo concernía:

—Hoy te toca darle de comer a ti, Betty.

—A mí nunca me toca darle de comer, idiota. Yo le abro su lata esa asquerosa sólo cuando me da la gana...

—Pero habíamos quedado en turnarnos, mujer. Al menos cuando no estás de viaje.

—Sí, pero yo trabajo, y tú no escribes.

Las horas y el lugar en que meaba o defecaba Gato Negro fueron siempre un misterio para sus dueños, aunque en algún momento tenía que pegarse su escapada callejera o techera, porque de lo contrario un departamento tan enano como ése hace siglos que habría empezado a apestar a muerte. Pero bueno, éste era un problema que los Gómez Sánchez ni se planteaban, casi.

—Alguna virtud tiene que tener ese asqueroso animal —repetía, muy de tarde en tarde, Betty Gómez de Gómez Sánchez—. Alguna virtud tiene que tener el monstruo ese.

Y puede ser muy cierta la siguiente explicación del Gordo Santiago Buenaventura, el único amigo divertido que tenían Betty y Rodrigo:

—Con toda seguridad, Betty, Gato Negro te ha oído decir esas cosas de él, un día en que andaba de muy mal humor, debido a un fuerte y perseverante insomnio. Si no, ¿qué otra explicación puede haber para semejante cambiazo, así, de la noche a la mañana...?

En efecto, qué otra razón podía haber para que, en menos de lo que canta un gallo, se produjera un cambio tan grande en el comportamiento de Gato Negro. De una vida tan encerrada en sí mismo, y en el cajón de la cómoda, que lo volvía prácticamente invisible, Gato Negro se convirtió en una verdadera ladilla, en una real pesadilla para Betty Gómez de Gómez Sánchez. Pulga, ladilla, chinche, el gato del diablo ese, siempre tan inmóvil, siempre tan pesadote y tan lento, ahora en una fracción de segundo aparecía y desaparecía tras haberse meado bien desparramadito por toda la maleta ya lista para cerrar de la tal Betty.

Ella que tanto preparaba sus equipajes, ella que se gastaba en ropa una fortuna que para nada tenía, y ella que estaba a punto de cerrar su maleta, imitación Louis Vuitton, y salir disparada rumbo a la estación de tren, rumbo al aeropuerto. ¡Mierda! ¡Gato de mierda! ¡En qué momento le había desparramado toda esa pestilencia sobre sus blusas de seda y sus faldas de marca! ¿En qué momento, ¡mierda!, si ella no se había movido del dormitorio y la maleta tampoco de ahí encima de la cama? Y ahora, ¿qué...?

El tren se le había ido otra vez, una mañana, el avión se le había ido también otra vez, una tarde. Citas a las que no se llegó, posibles ventas que no se hicieron y un jefe que me amenazará nuevamente con despedirme. Betty Gómez de Gómez Sánchez trabajaba de visitadora médica en los laboratorios Roche-Laroche, y se pasaba la vida recorriendo Francia en tren o en avión, de norte a sur y de este a oeste, con mucho mérito, es cierto, pero también con una desmedida aunque siempre frustrada ambición económico-social.

O sea que dentro de una semana, cuando ella regresara de visitar médicos por el sur de Francia, el novelista sin novelas —*bueno: algo es algo*— Rodrigo Gómez Sánchez tenía que haber escogido ya: o Betty Gómez (la mujer de regular vida, remoto origen, de alma y aspecto sumamente huachafos, que él un día amó un poquito y que lo pescó, con llevada al altar y todo, de puro solo y César Vallejo que se sentía Rodrigo en París con aguacero) o Gato Negro, un animal horroroso pero que qué culpa tenía de nada, el pobre.

Rodrigo Gómez Sánchez (altote pero paliducho, sacolargo y desgarbo aparental, total, familia de muy respetable y doctorada burguesía provinciana, empobrecida cada vez más —y en Lima, que es lo peor de todo—, alma de artista grande, permanente indecisión de escéptico de marca mayor, memoria prodigiosa, bondad total, indefensión ídem, y vida bohemia que, por un descuido de solitario, se le acabó un día ante un altar) cerró la novela de Luis Rafael Sánchez que estaba leyendo, aunque no sin que antes su asombrosa memoria registrara una serie de frases de ese gran amigo y escritor puertorriqueño, que realmente le dieron mucho que pensar. *La bohemia es el credo de descreer*, era una de las frases por las que Rodrigo se sintió profundamente concernido. También le había gustado mucho eso de *Los hombres se marchan fumando*, pero, cosa rara, con todo lo noctámbulo y disipado que había sido él, en su vida había encendido siquiera un cigarrillo, aunque sí había admirado a muerte a esos hombres duros que, en el cine en blanco y negro y años cuarenta, no paraban de fumar y de llegar y de volver a marcharse fumando, pistola en mano y masticando un inglés absolutamente antishakespeareano.

Pero la frase de Luis Rafael Sánchez que más lo concernía, al menos hasta ese momento, es la que afirma que *Una mujer indecente es lo penúltimo*. ¿Qué es lo último, entonces? ¿El pobre Gato Negro? ¿Un animalejo que sólo logra defenderse a meadas —perfectamente bien desparramadas, eso sí— de la maldad de una gente con la que jamás, ni en su peor pesadilla, soñó vivir...? Sí, está muy bien eso de que los hombres se marchen fumando. Nada tengo contra ello, ni siquiera en el mundo antitabaco en que vivimos. Pero yo, si quiero portarme como todo un hombre, lo que realmente tengo que hacer es acercarme y no marcharme del problemón que me espera.

El regreso de Betty —¿lo penúltimo?—, dentro de sólo cuatro días, ya, era el tremendo problema al que Rodrigo Gómez Sánchez tenía que acercarse. Y cuanto antes, mejor, basta ya de parsimonias, oye tú. O sea que Rodrigo se incorporó con una desconocida agilidad, incluso con una limpieza de movimientos que él mismo calificó de felina —¿súbita simpatía por Gato Negro?—, y atravesó raudo el par de metros de ridícula salita-comedor-escritorio que lo llevaba hasta el teléfono y el único amigo realmente divertido que tenía, el Gordo Buenaventura.

—*Oui, j'écoute*...

—Santiago, viejo... Soy yo... Rodrigo...

—¿Qué pasa, antihéroe?

—Gato Negro, hermano... Gato Negro y un ultimátum... Betty regresa del sur dentro de cuatro días y...

—No entiendo nada, compadre... ¿Le pasa algo a Betty?

—No, no... Pero me ha asegurado que si regresa y encuentra a Gato Negro, se va ella de la casa.

—¿Casa? ¿De qué casa me estas hablando? ¿O estás borracho?

—Del departamento, perdón... Betty se larga para siempre del departamento, de mi vida, de todo...

—¡Cojonudo, antihéroe...! ¿Qué más quieres? Dispondrás de un par de centímetros cuadrados más, para empezar. Y mira, ahora que lo pienso bien: tú deja que llegue Betty, pero antes métele un buen valium a Gato Negro en la leche. Así ella te encuentra con michimichi bien dormidito y ronroneando feliz entre los brazos, y tu elección habrá quedado clarísima, sin que tengas ni que abrir la boca, siquiera. Betty se larga, entonces, y en seguida llego yo y te acompaño donde un veterinario para que le ponga una buena inyección a ese pobre infeliz...

—¿Matarlo, dices, Santiago? ¿Mandar matar yo a Gato Negro?

—Exacto. Y recuperar tu total libertad. Y volver a tu vida bohemia, o de vago, como prefieras llamarla. A lo mejor hasta te da por escribir algo, viejo...

—Yo no podría matar a ese animalito...

—Ah, caray, conque ahora ya es animalito el monstruo ese...

—Santiago...

—Escúchame, Rodrigo... Morir debe ser para ese pobre gato una verdadera liberación. Y te lo juro: yo, en su lugar, ya me habría suicidado... O sea que nada pasará con pegarle su ayudadita... Te lo agradecerá, incluso, desde el otro mundo. Suicídalo y vas a ver...

—*Más difícil que anestesiar un pez, operarlo y sacarle las tres letras.*

—¿Qué dices? Repite, por favor.

—Nada. No tiene importancia. Era una frase de Luis Rafael Sánchez. Se me vino de golpe a la cabeza y se me escapó.

—Y yo algo creo haber entendido... ¿Me equivoco si te digo que esas palabras tienen algo que ver con el ultimátum de Betty?

—Bueno, sí, lo reconozco...

—¿Y qué vas a hacer, entonces? Porque de regalar al pobre Gato Negro, nada. Imposible. Ni con plata encima te acepta nadie a semejante monstruo. Si además parece que, en edad de animales, nos lleva como mil años...

Por llamadas telefónicas, Rodrigo Gómez Sánchez no se quedó corto. Agotó incluso su agenda, y a veces con llamadas tan absurdas como las interurbanas, a algunos conocidos de provincias. Santiago Buenaventura tenía toda la razón. Nadie, absolutamente nadie, le iba a aceptar jamás a Gato

Negro. Y faltaban sólo tres días para que llegara Betty.

Y ahora faltaban ya sólo dos días para que llegara Betty y la única novedad era que Rodrigo había intentado enchufarle a Gato Negro al viejo y solitario portero del edificio en que vivía. Le explicó, larga y tendidamente, su muy difícil situación a monsieur Coste, con una voz cada vez más arrodillada, cada vez menos voz, cada vez más nudo y carrasperitas...

... Gato Negro... Él mismo se ocuparía de Gato Negro, sólo que a escondidas. Por lo demás, el pobre animalito vivía invisiblemente, y monsieur Coste no viajaba nunca. Y por último, el problema de la maleta de madame era un problema con su esposa, con nadie más en este mundo que con madame. Se lo juraba, sí, podía jurárselo, porque entre ayer y hoy debo haber hecho mi maleta unas veinte veces, encima de la misma cama, y Gato Negro ni se ha asomado, Gato Negro ha permanecido invisible en su cajón inferior de la cómoda.

—*Mais, monsieur Gomés Sanchés, voyons...*

—Comprenda usted, monsieur Coste, lo que significaría para mí que Gato Negro continuara viviendo en este mismo edificio...

El portero se convirtió en una puerta de madera y cristal llenecita de visillos sucios, una puerta a la que era ya completamente inútil pedirle algo, y resulta que ahora ya sólo faltaban un día y una noche para que llegara Betty, mañana por la mañana. Rodrigo Gómez Sánchez se sorprendió a sí mismo con un salto felino que lo sacó casi a propulsión de la cama —¿un salto felino, elegante, distinguido, de Gato Negro?—, sin tiempo siquiera para abrir los ojos y catar el sabor tan extraño y fuerte de aquel nuevo día, de aquel importantísimo amanecer. Veinte minutos más tarde, mientras tomaba un café con leche y mordía un pan frío, duro, sin mantequilla ni nada, migajoso, Rodrigo volvía a sorprenderse a sí mismo, pero esta vez sí que muy sorprendentemente: a Gato Negro ni Dios le iba a aplicar una inyección letal. La suya era una decisión tomada por un hombre cabal, un hombre de palabra, y de ahí sí que no lo iba a sacar nadie.

Ahora lo que faltaba era Betty, claro, pero entre el salto felino con que amaneció y la decisión cabal con que desayunó, a Rodrigo como que lo abandonaron para siempre sus energías físicas, psíquicas, también las éticas, y digamos que lo de la fuerza de voluntad jamás había sido su fuerte. O sea que hasta las once de la noche, lo único que hizo, aparte de permanecer en piyama ante una máquina de escribir en vacaciones, fue dejar lo mejor de su almuerzo en el plato de metal chusco en que comía Gato Negro.

... No nos engañemos, Rodrigo... ¿Por qué trajo Betty ese gato horroroso a este departamento enano...? Por dos razones. Primera: para hacerle un favor al Presidente Director General de los laboratorios en que trabaja. Segunda: porque entre sus desmedidas ilusiones está la de querer ser, o al menos parecer, francesa... Y veamos ahora qué hay de malo en el punto número uno. Pues todo, en vista de que Betty sólo le hace favores a los que están por encima de ella, jamás a alguien que está por debajo. Y otra cosa mala, pésima, en este mismo punto. Cuanto más arriba está la persona, más humillante es o puede ser el favor que Betty le hace, como por ejemplo el de traerse a este departamento enano un gato del que el Presidente Director General quiere deshacerse por viejo, y del cual ni siquiera se toma el trabajo de decirle a ella el nombre... Atroz... Desde cualquier punto de vista, atroz.

Punto número dos, ahora... ¿Hay algo de malo en eso de querer ser, o al menos parecer, francesa? Bueno, para empezar su francés, que es realmente deplorable, muchísimo peor que el mío... Luego, esto de tener un gato para que la gente en París te sienta un poquito menos extranjera, lo cual querría decir que ya te sienten mínimamente francesa... Pobre Betty... Tontonaza... Tienes el alma huachafa, Betty, y por supuesto que ni sabes que en

España, aunque con muy sutiles diferencias que, creo, sólo entendemos los peruanos, huachafo es sinónimo de cursi...

... *La cursilería es un romanticismo limitado*, escribió Ramón Gómez de la Serna. Pero bueno, basta, en vista de que ni sabes quién fue ese señor... Como tampoco sabes la diferencia que hay entre tu Gómez y el Gómez de mi Gómez Sánchez... Y de romántica nada, tampoco... Trepadora, huachafa, acomplejada, ansiosa de borrar recuerdos peruanos para llegar a ser alguito más en París... Toma un borrador y borra tu llegada a Francia, Betty... Un grupo de hombres que vinieron a divertirse y se trajeron unas cuantas adolescentes de Lima, unas cuantas terciopelines, ni siquiera medio... Y tú entre ellas... ¿Mala vida...? Ni siquiera eso, que puede llegar a ser hasta respetable... *Una puta es un hecho contundente*, escribe el poeta Eduardo Lizalde... Mexicano, y ni lo has leído ni lo leerás nunca, Betty... ¿Una mala vida? Qué va... Nada de eso... Una vidita regular... Una vidita de penúltima, en todo caso... Y después yo, un cojudazo a la vela, eso sí que sí...

Se hubiera quedado la noche entera hablando consigo mismo Rodrigo Gómez Sánchez, pero en eso sonó el teléfono mil veces, como si la persona que llamaba supiera que alguien tenía que haber en el departamento. Y Rodrigo se descubrió a sí mismo con un trozo de pan frío y duro, sin mantequilla ni nada, migajoso, en una mano, y el auricular de un teléfono en una oreja.

—Sí... Ah, sí... Santiago, ¿no...?

—¿Y quién, si no, huevas tristes? ¿Por qué no contestas? Ya empezaba a temer que Gato Negro te hubiera puesto la inyección letal a ti.

—Mañana llega Betty... Por la mañana...

—Por eso te estoy llamando, precisamente, pero a ti te da por hacerte el interesante y no contestas. ¿Has tomado una decisión, por fin?

—*Más difícil que anestesiar un pez, operarlo y sacarle las* cuatro *letras...*

—Dos y dos son cuatro: pez se escribe con tres letras y gato con cuatro... *Ho capito. L'ho capito tutto.* Inmediatamente voy para allá.

—¿Para qué, si estoy en piyama?

—Para ayudarte, pues, antihéroe. Si no, ¿para qué voy a ir? Y es que tengo una gran idea, hermanón... Una gran idea y un costal de yute *ad hoc...*

NOTA: *¿Se puede imaginar un final menos cruel para el gato? Vale la pena intentarlo. Idea de base: Un cambio de fortuna, un gran vuelco, un gato muy viejo y muy feliz... Intentarlo, sí...*

O sea que fue Santiago Buenaventura, finalmente, el que decidió que Betty y Rodrigo seguirían viviendo juntos en el departamento enano del bulevar Pasteur. Pero Gato Negro no murió. Todo lo contrario, empezó una nueva vida, una gran vida. Y hasta se podría decir que jamás en el mundo animal alguno ha conocido un cambio de fortuna mayor que el de Gato Negro, que ahora se llama Yves Montand. Así lo ha bautizado su nueva dueña (vieja y sabia prostituta sin proxeneta, o sea una mujer de la vida, sí, pero valiente e inteligente como ninguna, o sea que también con grandes ahorros), de nombre Josette, que lo recogió en el Bois de Boulogne la misma noche congelada en que Santiago Buenaventura y Rodrigo Gómez Sánchez descendieron de un taxi con un costal que se había vuelto loco en el camino.

—*Merde, merde, et encore merde!* —fueron las últimas palabras de un taxista que huía despavorido, tras haber dejado a ese par de inmundos metecos de mierda ante un árbol y una puta que realmente le impedían ver el bosque.

Esos dos inmundos metecos y el costal loco eran, por supuesto, Santiago Buenaventura, Rodrigo Gómez Sánchez, y Gato Negro defendiéndose panza arriba y panza abajo y panza a un lado y panza al otro, también, cual verdadera fiera (en fin, como

78

realmente se defiende un gato panza arriba), del obligado retorno a la naturaleza al que lo estaban sometiendo ese par de peruanos de mierda. Y es que el taxista ignoraba la inmunda nacionalidad meteca de los dos extranjas esos, pero Gato Negro no.

Fue derrotado, por fin, el pobre animalito, aunque lo correcto sería decir, más bien, que tanto Gato Negro como Rodrigo Gómez Sánchez fueron derrotados. Y es que, en el fondo de su alma, el novelista sin novelas —*bueno: algo es algo*— jamás deseó retornar a su animalito de compañía a la naturaleza ni a ningún otro lugar que no fuera su cajón inferior de la cómoda. Pero, en fin, ya sabemos que su amigo Santiago Buenaventura fue quien decidió por él.

—Anda. Vístete y busca a Gato Negro.

—¿Qué piensas hacer con él?

—Tú confía en mí y haz lo que te digo. ¿O no he sido yo tu mejor amigo siempre?

—¿Y ese costal?

—¡Que te vistas de una vez, carajo, te digo!

Por fin se vistió el sacolargo de Rodrigo, y mientras tanto Gato Negro ni la más mínima sospecha de que todo ese desorden y esos gritos, a tan altas horas de la noche, lo concernían a él más que a nadie en este mundo. La idea era la siguiente: en vista de que el antihéroe, como nunca en su papel, se negaba a mandar a mejor vida, inyección mediante, a un patético gato al que de golpe se descubrió amando inmensamente (tanto que ahora era a Betty, a su esposa, a quien realmente deseaba abandonar, y no en el Bois de Boulogne, precisamente, sino en el mismito corazón salvaje de la selva amazónica), en fin, en vista de todo eso, Santiago Buenaventura, su mejor amigo, aparecía en el momento más oportuno y, costal, taxi y Rodrigo mediantes (aunque el antihéroe fue más bien un estorbo), ponía en marcha la única alternativa que quedaba: llevarse a Gato Negro al Bois de Boulogne y obligarlo, aunque sea a patada y pedrada limpia, a reinsertarse, a fuerza de instinto de conservación, en una naturaleza de la cual ignoraba absolutamente proceder, de tan urbano que era de padres a abuelos, y así para atrás en los siglos.

En fin, que también había que ver a qué tipo de naturaleza se le estaba obligando a retornar a patadas. Pues nada menos que a una naturaleza tan domesticada y bonita y tan colorida e inmóvil que ya casi parecía muerta. Y en qué maravilla de ciudad y en qué barrio tan *chic*, además, salvo por lo de las putas por aquí y putas por allá, con su farolito portátil y todo, porque de boca de lobo sí tenía la noche por esa zona tan recortadita y podadamente agreste del bosque y, claro, el cliente tiene que ver bien la mercancía.

Y ahí pareció quedarse ya para siempre Gato Negro, el patético felino gordo de los Gómez Sánchez del bulevar Pasteur y de orígenes familiares muy dispares, allá en el Perú. Sin embargo, determinadas características de su ensimismado carácter permitieron que Rodrigo Antihéroe olvidase muy rápido el horror que le produjo ver cómo, a patada y pedrada limpia, su animalito de compañía iba desapareciendo en la noche del bosque. Así era él, y en el fondo tenía la suerte de poder pasarse días y noches monologando interiormente, pero jamás dialogando íntegra y verdaderamente consigo mismo. Y esto, en un caso como el suyo, era en verdad una suerte, por ser su vida en general bastante mediocre y tristona.

La pena, claro, fue que Rodrigo Gómez Sánchez jamás llegara a enterarse del tremendo final feliz que tuvo la historia de Gato Negro. Fue tan bello aquel final, que ya sólo hubiera faltado que Betty se matara en el avión de regreso a París, para que también su patética vida matrimonial acabase apoteósicamente. Pero bueno, la suerte fue toda de Gato Negro, que, no bien se atrevió a asomar la aterrada cabezota por detrás de un árbol, aquella misma noche en que lo patearon a muerte y en dirección naturaleza, fue visto por Josette, una vieja y sabia mariposota nocturna que en un abrir y cerrar de ojos ya le había tomado un inmenso cariño, y que horas más tarde lo bautizó Yves Montand, con champán y entre regios almohadones. Muy poco después, ambos se jubilaron juntitos y terminaron sus días de leyenda en una pequeña villa de la Costa Azul, por supuesto que gracias al valor y la perseverancia de una prostituta que jamás tuvo proxeneta, o sea que pudo ahorrar horrores.

FIN

9 de noviembre, 1996. Acabo de arruinar «Retrato de escritor con gato negro». Pero, en fin, como dice —piensa, más bien— por ahí Rodrigo Gómez Sánchez, «algo es algo». Lo demás, lo de siempre. Lo más íntimo. Lo sólo mío. Pongo en mis escritos lo que no pongo en mi vida. Por eso creo que no los termino nunca. Y no pongo en mi vida lo que pongo en mis escritos. Por eso es que vivo tan poco y tan mal. En fin, qué diablos importa todo esto en un momento en que mi vida se limita a un gato y un bosque.

Sergio Murillo cerró su diario, lo ocultó de su esposa en el lugar de siempre y se dirigió a la cocina para recoger la bolsa de comida que, cada noche, desde hacía exactamente dos semanas, le llevaba a Félix, su gato. La depositaba en el mismo lugar del Bois de Boulogne en que tuvo que abandonar al pobre Félix, con la ayuda de su viejo amigo Carlos Benvenuto, ya que el pobre animalito era tan urbano que hasta parecía ignorar la existencia de los bosques, y se defendió literalmente como gato panza arriba. Nancy, en efecto, cumplió con su eterna amenaza y terminó obligándolo a elegir entre ese maravilloso gato y ella. Y claro, él no tuvo elección.

Pero bueno, Sergio Murillo ya sabía que esto del bosque se tenía que acabar. No le iba a durar toda la vida lo de andar llevando cada noche una bolsa llena de comida y recogiendo otra vacía, del día anterior. No, no se iba a repetir jamás el sueño aquel de un hombre que, hasta el día mismo de su muerte, se da una cita nocturna con un gato, siempre delante del mismo árbol. Lo de ahora, en cambio, podía ocurrir muy fácilmente. Y explicarse muy fácilmente, también. Un gato negro y urbano vive mal en el bosque, aunque alguien lo alimenta ocultamente. Por fin, un día, las fieras del bosque, que desde que apareció por ahí lo vienen espiando, descubren lo bien que se alimenta ese hijo de mala madre, y se lo devoran con su comida y todo. Alguien se siente tremendamente solo, en una pesadilla. Y llora en un taxi de regreso.

Lola Beltrán *in concert*

A Cecilia y Humberto Palma

Y entonces mi mujer me abandonó. Nos habíamos amado tanto y, con gracia, éramos aún capaces de amarnos más, dentro del amor. Éramos muy jóvenes y muy felices, pero me imagino que ella hizo sus cálculos y dos más dos no le fueron cuatro. Algo así. O era que nadie nunca iba a ganar dinero en esa casa y a ella le entró miedo. Total que, de regalo de separación, me pidió que le obsequiara un tocadiscos para seguir oyendo en Lima la misma música que oíamos en París, para acordarse siempre de mí cuando me olvidara. La acompañé al aeropuerto y cumplí con todos los requisitos del abandono, incluso con ese requisito que consiste en decir nos vemos pronto, y chau, mi amor.

Diez años después yo conservaba esa misma cara de idiota en aeropuerto y pateaba latas por el Barrio Latino de mis amores. Una de esas latas me dijo que ella se había vuelto a casar y que, para mi menudo consuelo, me quedaba una gran cantidad de latas por patear, en la Ciudad luz, además de ella.

Y yo nunca supe si la lata se refería a ella, en tanto que lata, o a ella, en tanto que la recordarás toda tu vida, imbécil.

A mí, después de todo aquello, me dio por caminar, primero, y por viajar, después. Y fue precisamente en una agencia de viajes baratos, quiero decir de *charters*, cuyo dueño era un gran amigo peruano, donde conocí a Marie Hélène, una muchacha primitiva, salvaje y tierna, que hacía enormes esfuerzos por vender pasajes sin que se notara que lo único que deseaba era estar en otra parte, siempre. Durante meses no tuvimos mayor diálogo que los *souvenirs* que yo le traía de mis viajes, ocultos en una gorra que por entonces usaba, no sé por qué . Y así, con esa gorra, llegaba a la agencia donde ella trabajaba, me sentaba delante del mostrador en que vendía los pasajes, me quitaba la gorra y de ella extraía, por ejemplo, una palomita mexicana. Marie Hélène me daba las gracias y me preguntaba cuál era mi próximo destino.

«Mi próximo destino eres tú», le respondía yo siempre, mientras ella miraba la palomita mexicana y sacaba un billete en blanco para rellenarlo con los datos de mi próximo vuelo, su destino, fecha y hora, como si le encantara que yo me fuera siempre al extranjero, y como si no me hubiera oído expresar un deseo que realmente le concernía, creo yo. Y así era nuestro diálogo: darle yo una palomita mexicana, por ejemplo, expresar luego un deseo mientras ella empezaba a escribir códigos y números en un billete de avión, y a enviarme a Egipto, en vista de que la vez pasada había estado en Turquía. La verdad, creo que yo hacía los viajes que Marie Hélène deseaba hacer. Y allá en Marrakech o en El Cairo pensaba bastante en ella, una noche, y corría a comprarle un faraoncito Tutankamón en un mercadillo de esos repletos de baratijas. Y desde aquel momento ya sólo esperaba el momento de mi regreso a París, para descansar un rato y luego salir disparado rumbo a la agencia de viajes para quitarme la gorra y hacer, como en el circo, que apareciera un objeto que ningún niño hubiera pensado que estaba allí.

«Qué bonito faraón», me decía Marie Hélène, y yo le respondía que no era más que un Tutankamón barato, pero que, eso sí, se lo había comprado una noche en que pensé en ella violentamente, por decir lo menos. Y entonces ella me decía que un millón de gracias pero que mejor era que cortáramos por lo sano, porque no estaba entre sus costumbres la de alternar con los amigos de su jefe. Y después yo pasaba a saludar a mi amigo, en su oficina de jefe, y Marie Hélène se quedaba sentada ahí, detrás del mostrador, cumpliendo con su trabajo de empleadilla de una agencia de viajes baratos.

Todo cambió una noche en que ya iban a cerrar la agencia y yo estaba sentado en el café de enfrente, observando a Marie Hélène venderles billetes a unos clientes que nunca le traían nada de ninguna parte. No sé qué diablos de lío había en la agencia, algo de deudas, me parece, o en todo caso un gran disgusto de mi amigo, el jefe. En fin, algo que me obligó a quedarme sentado allí en ese café y a esperarlo hasta que cerraran la agencia, por si acaso mi compañía pudiera serle útil.

Pero resultó que Marie Hélène salió primero y que el jefe se quedó adentro. Ella entonces cruzó la calle y se me acercó y me dijo: «¿Sabes quién canta esta noche en París, Alfredo?». «Yo sólo sé que mi amigo, tu jefe, se va a encontrar muy solo cuando salga y yo lo voy a acompañar». Y entonces Marie Hélène me dijo: «No seas malo, esta noche canta la Bella Lola en París». Que quién era la Bella Lola, le pregunté yo. Y ella me respondió: «La Bella Lola es Lola Beltrán, Alfredo. Y esta noche estoy dispuesta a alternar con los amigos de mi jefe. Acompáñame, por favor. Tú una vez me trajiste una palomita mexicana, y yo esta noche deseo escuchar a la Bella Lola contigo».

Pero a mí no sé qué me dio por poner en funcionamiento eso que se llama la solidaridad o la fidelidad a un amigo, y aunque me sentí profundamente perturbado por los deseos de Marie Hélène, insistí en quedarme sentado en el café, esperando a mi amigo, y le dije a Marie Hélène que a la Bella Lola la iba a escuchar ella sola, y que qué mala suerte tenía yo de no poder acompañarla precisamente esa noche. Marie Hélène se sentó a mi lado y se pidió uno, dos y hasta tres whiskies seguidos, y ya con el cuarto se bañó en lágrimas. Yo permanecí impasible, porque sentí que ése era mi deber, pero creo que nada me ha disgustado tanto en la vida, hasta hoy, como observar la temblequera de las hermosísimas piernas de Marie Hélène, sentadita allí a mi lado.

Por fin ella metió la mano en uno de los estrechísimos bolsillos de sus pantalones, sacó la palomita mexicana y el faraoncito Tutankamón y varias baratijas más que yo le había traído de mis viajes y que para ella eran sus amuletos, y las arrojó bajo las ruedas de un automóvil que pasaba por allí y que las machacó. Yo permanecí imperturbable, más que nada porque ya no me quedaba otra cosa que hacer. Después me limité a verla irse, a verla caminar como era ella. Y se alejó. Ya creo haber dicho que era primitiva, salvaje y tierna, pero aún no les he contado la mala suerte que tenía yo.

Y es que como a las ocho y media de la noche, mi amigo, el que era el jefe de Marie Hélène, salió de la agencia de viajes, cruzó la calle y se acercó a mi mesa: «Gracias por esperarme», me dijo, «pero con un par de llamadas telefónicas ya todo se ha arreglado. Y estoy bien cansado, Alfredo, o sea que me voy para casa, a comer con mi mujer y mis hijos».

Entonces sí que ya no me quedó más remedio que permanecer ahí sentado, como pan que no se vende, y tomando muchas copas de tinto, cuando de repente surgió la hermosa Claude y, con tanto vino como me había metido ya al cuerpo, creí que esa vieja amiga, tan bonita y tan aparición, era Marie Hélène. Sí, eso creí yo, o en todo caso yo necesité creer eso. Y me puse de pie y avancé hasta la mitad de la calzada para recoger los añicos que quedaban de mi palomita mexicana, mi Tutankamón y mis otras baratijas. Yo sabía que Claude también era primitiva, salvaje y tierna, y eso facilitó mi necesidad de que fuera Marie Hélène. O sea que le entregué los restos de mis regalos de todos mis viajes, y le dije: «Mira, Claude, métete esto al bolsillo y vámonos al Olimpia, que allí canta Lola Beltrán». A Claude le encantó la idea de ir a oír a Lola Beltrán conmigo, tanto como a Marie Hélène le había encantado la idea de oír a la Bella Lola conmigo.

Y al llegar al Olimpia y escuchar el más bello concierto que en su vida dio Lola Beltrán, ya no supe con quién estaba. A ratos estaba con Claude, a ratos estaba con Marie Hélène, y todo el tiempo estaba en el aeropuerto de París, el día que me abandonó mi esposa. Y en la canción de Lola, en ese momento, ya se iba muriendo por Culiacán el caballo blanco que salió un domingo de Guadalajara. Bueno, aquello terminó en una apoteosis de aplausos y de bises y de ¡Que Viva México!, mientras yo abandonaba el teatro con Claude y la acompañaba en un taxi hasta su casa, y seguía camino hasta Guadalajara, aunque tarareando a la Bella Lola cuando entonaba aquello de que la luna ya se ocultó y se durmió.

Al día siguiente, cuando fui a la agencia para comprarle un billete y traerle un *souvenir* a Marie Hélène, ella no estaba detrás del mostrador. Tampoco estaba detrás del mostrador la semana siguiente ni la otra semana, o sea que yo me fui a una tienda de discos y me compré la grabación del concierto de la Bella Lola. Y la estaba oyendo tranquilamente en mi casa, una tarde, cuando tocaron el timbre y era Claude la que venía a verme y a contarme lo que le había pasado por ir al Olimpia conmigo. Claude me contó que un día se cruzó con una muchacha que se le parecía mucho y que ésta la agarró violentamente por el brazo y la hizo entrar a la fuerza a un café y hasta el baño de ese café. Y que le había pegado, pegado y pegado durante

91

horas. Claude me contó que le había destrozado la ropa y que la había dejado toda magullada, y que antes de dejarla tirada en el suelo y bañada en sangre, le había dicho: «Esta pateadura te la he dado porque yo quería ir a un concierto con Alfredo. Yo soñé con escuchar a la Bella Lola con él, a pesar de mi jefe».

Claude y yo tomamos un café y ella me explicó que yo era mala compañía, y después se fue y ya no la volví a ver más en mi vida. Y pasaron varios meses, y otra tarde en que yo andaba oyendo a la Bella Lola en su disco del Olimpia, sonó el teléfono y era Marie Hélène: «Siempre te lo dije», me dijo, «no se puede alternar con los amigos del jefe». Y yo le pregunté muchas veces y con gran insistencia que dónde se hallaba, que en qué ciudad o pueblo o aldea se encontraba, y que por favor me lo dijera para ir a buscarla con una torrecita Eiffel escondida en la gorra, para luego quitármela cuando llegara y entregarle ese amuleto, para que algo quedara entero de lo que estábamos perdiendo. Lo único que me respondió una y otra vez mientras yo insistía en que me dijera dónde estaba, que de dónde me llamaba, fue: «Aquí donde estoy cae mucha nieve y allí donde tú estás, en tu departamento, sé que la música que estás oyendo es la de Lola Beltrán».

«Sí», le dije. Y ella me explicó, con palabras de la Bella Lola en el Olimpia, que a mi puñalada había sobrevivido. Que sí, que fue trapera mi puñalada, y de esas que no muere quien no tiene corazón. Pero que ella estaba vivita y coleando. «¿O no, Alfredo?»

Insistí todavía un rato, y Marie Hélène me dijo que le hacía mucha gracia que yo ahora quisiera escuchar a Lola Beltrán con ella, pero que la oportunidad ya se nos había pasado a todos y que prefería quedarse en ese lugar donde caía mucha nieve. Y ahí fue cuando colgó. Yo volví a mi vieja costumbre de vagabundear por París y también de viajar mucho. Y todavía cuando pateo una lata me pregunto si no habré conservado para siempre mi habitual cara de imbécil en un aeropuerto.

El carísimo asesinato de
Juan Domingo Perón

A Luchita y Felipe del Río Málaga

Alfredo era peruano y pintor, y Mario nunca se supo muy bien lo que era, aparte de salvadoreño, entrañable, y gran amante de la buena mesa, entre otros aspectos más de la buena vida. Había escrito un par de libros, es cierto, y había sido también diplomático en servicio en la República Argentina —fue en Buenos Aires donde se le pegó aquel acentazo che que no lo abandonaría jamás—, pero yo creo que si hay una palabra que califique plenamente la profesión de Mario, ésta es la italiana palabra *dilettante*, o sea el que se deleita.

Mario y Alfredo andaban sin un centavo, en la época en que los conocí, pero había que ver lo bien instalados que estaban los dos en París, con o sin hambre. Mario alquilaba un pequeño pero elegantísimo departamento en la rue Charles-V, primorosa y hasta históricamente amoblado por una propietaria anciana y amnésica, que siempre que venía a cobrar la renta descubría, con espanto y con fe total en las palabras de monsieur Marió, que ya éste le había pagado el día anterior. Lo de comer y beber le preocupaba aún menos, a Mario, porque la gente se peleaba por invitarlo y porque él prefería unos días de abstinencia a ser recibido o llevado a un restaurante por personas de esas que son capaces de comer cualquier cosa, con tal de comer.

A diferencia de su inseparable amigo Mario, que era bastante gordinflón, extrovertido y de corta estatura, Alfredo tenía, de nacimiento, como suele decirse, algo sumamente quijotesco. Era muy muy flaco, alto, y hombre de pocas palabras y mucho menos comer. Le encantaban el vino tinto y un buen whisky, eso sí, pero en cambio el noventa por ciento de los productos de aire, mar o tierra de los que nos alimentamos los seres humanos le caían mal, o no le gustaban, o simple y llanamente le daban asco. Y, aunque también a él lo invitaban mucho, por lo entrañable que era, casi siempre se limitaba a rechazar un plato tras otro —los pescados y los mariscos los odiaba, por ejemplo—, o sea que su hambre, aunque atroz por momentos, provenía sobre todo del hecho de que un hombre necesite comer para sobrevivir y de que el pobre, muy a pesar suyo, no era ninguna excepción a esta regla.

Pero también la vivienda en que habitaba Alfredo, a pocas cuadras de distancia del precioso departamentito de soltero de su amigo Mario, era algo que yo hubiera querido tener para un día de fiesta, como se dice. Alfredo vivía en un moderno, amplísimo y muy bien iluminado *atelier* de artista, en la Cité Internationale des Arts. Y con vista al Sena, nada menos. Y ni siquiera pagaba alquiler, pues el *atelier* era una beca que la ciudad de París —a través de su alcaldía, me imagino— les otorgaba a escultores, pintores y músicos. O sea a todos aquellos artistas que requieren de espacios grandes o de perfecta insonorización para su trabajo diario, según averigüé en mi afán de que se me otorgara un *atelier*-vivienda como el de Alfredo, también a mí. Pero nones: los escritores no metemos ruido cuando escribimos y nuestras cuartillas caben hasta debajo de un puente del Sena. Esto fue lo que me explicaron, por toda respuesta.

Uno en alto y muy flaco, y el otro en bajo y gordinflón, uno quijotesco y el otro su escudero, Alfredo y Mario eran los que se suele llamar dos feos tremendamente atractivos, dos hombres muy feos pero con mucho gancho. Y de la época en que, con un horroroso poeta peruano, de apellido Valle, habían gambeteado la miseria en un cuarto de pensión, en Madrid, solía contarse esta anécdota: la portera de la pensión, a quien la fealdad barbuda, peluda y muy mal trajeada del trío latinoamericano le causaba franco pavor, no pudo contenerse un día y, al verlos pasar delante de la portería, le comentó a su esposo lo peligrosamente feos que eran esos tíos. «Calla, mujer», le respondió éste, poniéndose un dedo para silencio en la boca. «Y mucho cuidado porque son incas.»

Pobre Alfredo. De él incluso se decía que, de noche, la gente que lo veía venir con ese pelote largo y su barba salvaje, se cruzaba a la vereda de enfrente, de puro miedo. Pero nadie sabía que este hombre bueno como el pan era muy corto de vista y que, debido al hambre hidalga que pasaba, varias veces se fracturó una costilla sólo por haberse tropezado con un poste eléctrico o con un arbolito de esos que adornan los bulevares. También se le rompió una costilla al pobre, un día, mientras se duchaba en su espacioso baño de la Cité Internationale des Arts. Se le cayó el jabón al suelo y de tanto agacharse a buscarlo, por lo cegatón que era, crac, le sonó algo en el pecho, y era nuevamente una costilla fracturada.

Yo trabajaba por ahí cerca, dando clases de lo que me echaran en un colejucho bastante ilegal y de mala muerte, y a cada rato le tocaba el timbre a Alfredo, para conversar un rato, al volver de mis clases a casa. Pocas cosas me han gustado tanto en la vida como conversar con ese amigo entrañable, culto, finísimo y nacido para ser rey. Para mí ha sido un rey siempre, en todo caso, y encarna a la perfección la idea que me hago de la verdadera nobleza: la nobleza de alma.

Pero ya he dicho que Alfredo era, también de nacimiento, un hombre quijotesco. Y a los timbrazos de amistad que le pegaba yo en su *atelier*-vivienda, a la salida de mi colejucho, respondía siempre preguntando *quién llama*, y abriendo, no bien le decía, a través de la puerta, que era yo, que era su tocayo el que llamaba. Una sonrisa de bondad, semioculta entre la barba y el bigotazo salvajes, era su manera de acogerme, aunque en seguida mi tocayo agregaba: «Caray, ya había dormido el desayuno y estaba a punto de dormir el almuerzo... Pero bueno, bueno, pasa. Pasa y te sirvo un café. O, mejor dicho, un Nescafé, que dura más, sale más barato y casi no da trabajo».

Jamás aceptó el gran Alfredo mi propuesta de bajar un momento y de comprar un poco de pan y de queso, para comerlo juntos e indemnizarlo así por el daño que le había causado al impedirle dormir también el almuerzo. Ah, y otra cosa: tardé años en entender por qué mi tocayo lavaba y coleccionaba, en primoroso orden —él que era el colmo del desorden y la dejadez— los pequeños frascos de Nescafé que iba consumiendo en su *atelier* de la Cité Internationale des Arts.

Pero bueno, vamos por orden, porque antes vino lo del asesinato carísimo de Juan Domingo Perón, el ex mandamás argentino. Aquello sí que valió la pena, pues ocurrió precisamente en uno de esos momentos en que Alfredo llevaba una colección de costillas rotas, por desnutrición, y a Mario la amnésica propietaria de su departamento le había subido el alquiler. «No es que le piense pagar, che», afirmaba Mario, con su acentazo bonaerense, «pero esa millonaria del cuerno en cualquier momento recupera la memoria y es muy capaz de quererme cobrar tres años juntos.» En fin, parece que sólo de pensar en esta posibilidad le entraba una angustiosa sed de whisky, a aquel gran amigo salvadoreño, y noche tras noche se sentaba con su inseparable Alfredo en la terraza del café Flore, en pleno corazón de Saint Germain des Près.

Y ahí esperaban que pasara algún caballero conocido y reconocido, de esos a los que se les puede aceptar una invitación, sin sentirse uno ofendido. Y cuando éste no pasaba, el mozo, que los conocía desde hace siglos y sabía hasta qué punto esos dos viejos clientes eran dignos de toda su confianza, les fiaba un whisky tras otro, noche tras noche, hasta que pasara el caballero digno de pagarles aquel cuentón, digno a su vez de un gran par de caballeros. En fin, toda una filosofía de la vida, de la que doy cuenta utilizando más o menos las mismas palabras que empleó siempre el gran Mario.

Pero una noche el que se les acercó no era un caballero conocido, sino tres desconocidos de nacionalidad argentina. Los bolsillos los traían repletos, eso sí, y, aunque puede resultar doloroso que a uno lo tomen por asesino sólo de puro feo que es, y de puro barbudo y peludo, a Mario y Alfredo les hizo una profunda gracia que aquellos tres paramilitares hubieran deducido, al cabo de un largo y concienzudo examen al público del café Flore, que ellos denotaban la suficiente peligrosidad lombrosiana como para ser, evidentemente y hasta de nacimiento, se puede decir, *el* contacto criminal que tenían que hacer en París, esa noche, en ese café, y a esa hora. Además, a Mario y Alfredo les encantó que esos tipos no encontraran inconveniente alguno en pagar, tampoco, sus atrasadísimas deudas de whisky.

El contacto en París estaba hecho, por consiguiente, y ahora ya sólo faltaba ponerle los puntos sobre las íes al asesinato de Juan Domingo Perón. Los paramilitares tenían mucha prisa, parece ser, y los contactados mucha hambre y mucha sed, por lo cual el asunto hubo que estudiarlo varias noches seguidas, en diversos restaurantes de buen yantar, y luego en la terraza del Flore, por supuesto. Ahí, entre whisky y más whisky, Alfredo, que era un gran lector de novelas policiales, empezó a mezclar argumentos y elementos de unas con otras, para ir entreteniendo y convenciendo a los paramilitares con datos de una tremenda verosimilitud, mientras Mario pasaba del whisky al champán e iba degustando, ya de madrugada, las mejores ostras de la temporada, dejando que Alfredo procediera. Y cada vez que le hacían una pregunta, se limitaba a señalar a su amigo y agregar: «Preguntále al técnico, che», hasta quedar prácticamente convertido en el refinado autor intelectual de aquel asesinato que debía llevarse a cabo en Madrid, en 1969, en vista de que ahí había fijado su residencia Juan Domingo Perón.

Noche tras noche, el técnico fue agregando algún detalle más, como por ejemplo lo de la bazuca, que no iba a plantear muchos problemas, pues él la iba a introducir en España convertida en tubo de escape de su automóvil. «Nada hay tan fácil en este mundo como camuflar una bazuca», opinaba el técnico, mientras el autor intelectual degustaba sus ostras refinadamente y el champán. Y sólo cuando los paramilitares mostraban su total acuerdo con el plan, tal como iba aquella noche, Alfredo les soltaba un tremendo y carísimo obstáculo: la compra de una residencia frente a la de Perón, por ejemplo, que vivía en la urbanización más elegante de Madrid... Porque qué otra manera había de vigilar cada uno de sus movimientos, hasta el día del bazucazo...

Y así, hasta que los paramilitares, avergonzadísimos, y tras haberles dado al autor intelectual y al técnico toda la razón del mundo en lo referente al plan del asesinato y los pormenores de su ejecución, cuenta tras cuenta de restaurante y de café Flore, confesaron que no disponían del presupuesto necesario, se disculparon humildemente, y se retiraron para siempre, aunque no sin antes haberles pagado a ese par de carísimos terroristas internacionales la última cuenta en el Flore.

—¡Por fin! —exclamó Mario—. Yo creí que de ésta no salíamos.

—De algo nos valió ser tan feos —le comentó Alfredo, suspirando de alivio.

Poco tiempo después estalló la llamada Guerra del Fútbol, entre El Salvador y Honduras, y Mario decidió regresar a su país para convertirse en héroe. Pero no fue así, desgraciadamente, porque la colecta que hicimos entre todos para pagarle el pasaje de ida demoró tanto, que, cuando Mario aterrizó en el aeropuerto de San Salvador, la guerra acababa de terminar. Y ya nunca volvimos a saber de él, salvo por aquella postal que le envió a su gran amigo Alfredo, el día en que a éste se le acababa la beca y tenía que abandonar su espacioso y moderno *atelier*-vivienda.

A dónde iba ir a dar el pobre, sin casa y sin un centavo, era algo que nadie sabía. Y sin embargo, lo alegre que resultó el cóctel de mucho pan, quesitos escasos y tintorro a mares, que dio el día anterior a su mudanza. Hasta sus amigas millonarias se peleaban por beber ese tinto peleón, aquella noche. Y es que nunca habían visto nada igual... Nada tan *chic* ni tan bohemio, nada tan Alfredo ni tan... En fin, que sólo a nuestro Alfredito se le ocurre servirte el vino en frasquitos de Nescafé...

París canalla

Para Annie Rubini, in memoriam,
y Luchito Peschiera, alias «Pechelira»

Lo que es la vida, a veces, solemos comentar, cuando alguien nos cuenta algo, sobre todo malo, que escapa un poco o un mucho a las reglas generales de lo que esperábamos escuchar, acerca de una persona, de un acontecimiento, o de ambos, conjuntamente. Y, por supuesto, se da el caso de que seamos muy sinceros, porque realmente sentimos pena o nos asombramos de que la vida, en efecto, sea así, a veces. Pero, la verdad, casi siempre lo único que deseamos es salir del paso, cambiando de tema, lo antes posible, y dándonos un toquecito de profundidad, además...

Pero bueno, ya veo que estoy como aquel que decía: *Señoras y señores, antes de empezar a hablar, quisiera decirles unas palabras*. Y veo que estoy como Borges, también, cuando escribía: *Los viejos hablamos y hablamos, pero ya me estoy acercando a lo que quería contar*. Pero, créanme que estoy, sobre todo, como yo mismo, porque antes de sentarme y de empezar a contarles la historia de Rosita San

Román, y *también* Pérez Prado, anoté lo siguiente en mi diario íntimo: *Nadie sabe las ganas que siente uno de leer, en el preciso momento en que tiene que sentarse a escribir*.

Y es que en el caso de Rosita —la quise tanto, todo en ella me hacía tanta gracia, y fue íntima de cuanto miembro muerto hace siglos hay en mi familia—, a quien ayer nomás acompañamos, toda la embajada y su millón de amigas, hasta su última morada, yo creo que hay que completar el lugar común acerca de lo que es la vida, a veces, pero no balbuceándolo calladita y lloriconamente, como lo hice yo ayer, en el cementerio de Montparnasse, sino todo lo contrario, ahondándolo al máximo y agregando en voz alta, muy alta:

—¡Ustedes perdonen, carajo, pero lo que es la vida, a veces, desde la más tierna infancia hasta la mismísima tumba!

Y agregar, por qué no, señoras y señores, puesto que tuvo que ser aquí, en esta hermosísima ciudad donde Rosita ni siquiera soñó vivir, ni mucho menos amar y sentirse amada, aquí donde por única vez en toda su larga vida no logró crecerse ante tanta adversidad, y la vida le ha costado, señores, o sea que por qué no agregar, también:

—¡París canalla!

Nacida a principios de siglo, en la vieja Lima de el Damero de Pizarro y mis abuelos, y en el seno de una familia tan piadosa como distinguidísima, por donde se la mire, aunque atrozmente mal enchapada a la antigua y, para colmo de males, abrumadoramente femenina y numerosa como para no ser ya bastante decadente y minus o menosviniente —nunca mejor dicho, de cualquiera de las dos maneras, ya que eran trece hermanas y muy feas las trece y ni un solo heredero varón—, la vida entera de doña Rosita San Román, y *también* Pérez Prado, cambió del todo y para siempre cuando, allá por los años cincuenta y rondando ella los cuarenta y cinco, Dámaso Pérez Prado, un mulato enano, cubano, impresentable, no le faltaba ni la perita, y basta con ver cómo viste y calza el tipejo ese, se hizo rico y famoso en el mundo entero al inventar nada menos que el mambo, cual un bárbaro del ritmo.

Y que aquello sí que fue el acabóse, contaba siempre mi abuelita materna, que estaba almorzando en casa de los San Román Pérez Prado, el día en que aquel bombazo cayó en pleno comedor, estando toda la familia presente, como siempre y desde siempre, muy silenciosa también, porque al comer no se habla y antes de comer sólo gracias, Dios mío, por estos alimentos, en fin, exacto todo, hasta en la piadosa frugalidad, a como siempre había sido, desayuno, almuerzo y comida, toda una vida, aunque, conforme fueron pasando los años, además con unos padres amargados y trece hijas solteronas todas, ya, y hace rato...

—¿Habéis escuchado lo que acabo de escuchar, o no? —se elevó una voz, autoritaria y autorizada.

...Y que quién iba a ser, comentaba mi abuelita, o que quién me imaginaba yo que podía ser. Pues sólo don Dámaso San Román y San Román, Rafaelillo, que unas veces se las daba de español y otras de hispanista, siendo antediluvianamente peruano, pero que erre con erre con sus locuras y que murió sin haber soltado nunca un *ustedes saben*, en lugar de un *vosotros sabéis*. Realmente se había lucido el día del bombazo en el comedor, el señor San Román y San Román, Rafaelillo...

—El rey del mambo se apellida Pérez Prado, como vuestra madre —maldijo, esta vez, don Dámaso. Y, acto seguido, convirtiéndose, de pura y tamaña rabia, en un San Román y San Román mucho más jorobado, bizco, orejón, cejijunto y enjuto que nunca nadie antes, en su inmensa familia, sentenció—: A partir de este momento, vuestro apellido materno ha dejado de existir. Y yo mismo, en persona, me encargaré de realizar, una tras otra, y muy minuciosamente, cuanta diligencia haya que hacer, ante el registro civil, para que así sea.

...Y que pobre Rosita, agregaba mi abuelita, porque su increíble sentido del humor y del ridículo pudieron más que ella, como siempre. Y soltó la carcajada. Y en pleno comedor. Y ya tú conoces, Rafaelillo, el refrán aquel: *De padres cojos, hijos bailarines*. O sea que vaya uno a saber de dónde había sacado Rosita aquel sentido del humor, tan exclusivamente suyo. Pero, bueno, lo cierto es que jamás debió soltar esa carcajada, y en ese preciso momento...

—¿Se puede saber qué es lo que te hace tanta gracia, Rosa? —la semimaldijo don Dámaso, agregando, feroz—: ¡Se puede saber de qué, exactamente, te estás riendo, so cretina!

—De ti, papá, con tu perdón. Porque vas a tener que realizar, y muy minuciosamente, otras tantas diligencias más, ante el registro civil, para dejar de llamarte Dámaso, como el rey del mambo.

...Y que entonces sí que ardió Troya, continuaba mi abuelita —aunque precisando siempre, eso sí, que ella había aprovechado el inicio de las hostilidades para salir disparada, y hasta hoy, Rafaelillo, de aquel verdadero manicomio—, porque padre y doce hermanas se la habían agarrado a bofetada limpia con la pobre Rosita, y que sólo su mamá la intentaba defender, inútilmente, por supuesto, como muy bien me podía imaginar yo...

—¡No dejaré de amar a Dios sobre todas las cosas de este mundo! —gritaba la indefensa Rosita, entre dos ráfagas de bofetadas, porque siempre fue la mujer más católica y practicante del mundo, aunque de manga muy muy ancha, eso sí, agregando, entre dos ráfagas más, y batiéndose ya en retirada—: ¡Ni dejaré tampoco de reírme de todos y cada uno de ustedes, menos de ti, madre santa, por supuesto, hasta que me dé el cuerpo! ¡Lo juro!

...Y mi abuelita podía estarse horas más con aquello de que la décimo tercera y más fea de las hermanas terminó de patitas en la calle, y para siempre, sin más equipaje que el que llevaba puesto, sin haber desempeñado labor alguna en esta vida, sin haberse ocupado de nada que no fueran sus obras de caridad, sin oficio ni beneficio, en resumidas cuentas, Rafaelillo...

...Y que Rosita con su pobre madre sólo lograba hablar por teléfono, y a escondidas, se conmovía mi abuelita, enterándose de esta manera de que sus hermanas no le dirigían la palabra, y de que su padre se había cambiado de aposentos hace apenas unas horas, hija mía, para jamás nunca en esta vida ser tentado por una Pérez Prado...

—Pues sí, hija mía, tal como lo oyes, y

como si tu padre ni siquiera se acordara que de eso nada, hace como medio siglo.

...Y en este punto soltaba siempre una gran carcajada, mi abuelita, pero al ratito volvía a ponerse muy seria, y es que, en realidad, aquel día de la mudanza de aposentos fue también el último en que don Dámaso vio con vida a su esposa, porque doña Soledad Pérez Prado de San Román se tomó juntitos, la muy bárbara, uno tras otro sus barbitúricos de toda una semana, que después se supo que eran como mil, y que si no me parecía cosa de locos, Rafaelillo...

Todo este dramón lo repetía, una y mil veces, mi abuelita, que en mucho se parecía de carácter a Rosita y en nada a la familia de ésta, y que disfrutaba muchísimo contándole a quien quisiera oírla, cómo desde entonces Rosita se refirió siempre a su padre como don Cojudo y Lo Demás, cómo también se negó a responder cuando la llamaban Rosa, y no Rosita, y cómo un día le envió tarjetas a todo Lima, anunciando que trabajaba de gobernanta en casa de su prima Isabel Pérez Prado de Somocurcio, y firmando luego Rosita San Román, *también* Pérez Prado, a mucha honra, y le pese a quien le pese, don Cojudo, el primero...

...Y bueno, tampoco está demás que sepan hasta qué punto Lima entera quedó dividida en dos bandos furibundamente opuestos, pro y contra Rosita, aunque, como concluía mi inolvidable abuelita materna:

—Pero hay que reconocer, eso sí, que las mujeres de este país somos bien machas: el noventa por ciento estábamos cien por ciento a favor de Rosita y su *también*, y hasta de su don Cojudo y Lo Demás, para serte sincera, Rafaelillo...

—¿Y llegaste a bailar alguna vez el mambo, a pesar de tanta historia, Rosita?

—No, mi querido Rafaelillo. Pero no fue por aquella historia, ni tampoco porque al cardenal Guevara —a lo mejor ni lo recuerdas, porque eras aún demasiado chico— le faltase mucho mundo y sentenciara excomunión a todo el que lo bailase, y hasta a los bebedores de Coca-Cola, porque esta empresa patrocinó la primera gira del rey del mambo y su orquesta a Lima... No, nada de eso. Si yo no bailé el mambo, mi querido Rafaelillo, fue porque siempre estuve de acuerdo con Bonifacio...

—¿De acuerdo con quién, Rosita?

—¡Cómo! ¿Nunca has oído aquello de: *A Bonifacio no le gusta el mambo, porque se baila separado*...? Mira, a mi edad y todavía me hace mover las caderas el ritmito que se me mete al cuerpo...

—Ya me acuerdo, sí...

—Pues por eso no bailé yo el mambo, porque se baila separado, Rafaelillo. Bueno, digamos que fue por eso, y nada más. Aunque, la verdad, hijo mío, con esta cara tan linda que Dios me dio, te apuesto una botella de whisky que ni con el más lindo de los boleros me hubiera sacado a bailar a mí Bonifacio.

—Te debes haber ganado miles de botellas con esa apuesta...

—Hipócrita. Pero, bueno, me encanta que me lo digas tú. Aunque, para serte muy sincera, con esta cara yo simplemente no me atrevería nunca a apostar ni media de esas botellitas enanas que te regalan en los aviones...

—Hablando en serio, Rosita, ¿qué fue lo que pasó con lo de Pérez Prado y tu familia...?

—Bah... Cosas que te contaron cuando eras muy chico para entender. Por ejemplo, seguro que te dijeron que juré reírme de mi padre y de mis hermanas, hasta la muerte. Pues entérate de que, cada día, en mi misa de siete, le rezo a Dios por todos los miembros de mi familia, que en paz descansen, en vista de que además me ha tocado sobrevivirlos, uno tras otro, y soy yo la única que queda... Hasta el rey del mambo murió hace ya algunos años, me parece que le oí decir a alguien por ahí...

—Increíble el daño que les hizo ese señor, sin llegar a saberlo nunca, probablemente...

—Ni falta que le hacía, hijito. Dámaso Pérez Prado era el rey del mambo, y con todo el derecho del mundo... En cambio mi pobre familia, que en paz descanse, ahora sí de verdad, se pasaba la vida muriéndose a cada rato, y cada vez por una tontería más grande. En fin, si yo te contara cómo era mi tan desdichada y pobre familia...

—Cuéntame algo, siquiera... Qué pensaba, cómo era...

—Que cómo era. Pues el colmo de la bellaquería, hijito mío, con el dolor de mi corazón. Pero bueno, ni te voy a aburrir ni me voy a aburrir yo con todas esas mentecateces. O sea que dejémoslos descansar a todos en paz, y brindemos por los millones de cosas alegres y hermosas que tiene esta vida. Salud.

—Salud, Rosita.

—¡Quién lo hubiera imaginado, siquiera, Rafaelillo! Con lo mucho que quise yo a tus cuatro abuelos, que en paz descansen, también, y sobre todo a la mamá de tu mamacita, que era un ser realmente adorable. Y míranos ahora aquí en París, un muchachote como tú, y una vieja con una pata en el otro mundo, como yo, reunidos cada jueves, a las ocho en punto de la noche, y sólo por el placer de conversar y de arrearnos unos whiskicitos... ¿O se dirá whiskitos...? ¿A ti te importa...? Pues a mí tampoco, pero nos servimos otro, ¿no...?

—Salud, Rosita...

Yo la llamaba Rosita la exorcista, por esa inigualable capacidad que tuvo siempre de mirar con alegría y optimismo las cosas de este mundo, de verle siempre el lado mejor a todo. Increíble, con lo atroz que debió haber sido tener que enfrentarse sola con una realidad para la que nunca estuvo preparada. O como ella misma solía decir:

—Nadie tan bien educada como yo para ser idiota.

—¿Idiota tú, Rosita?

—Pues perfectamente bien educada para serlo, en todo caso, Rafaelillo. Rosa San Román y Pérez Prado —porque ya dejémonos de tanto *también*, que Dios nos puede castigar—, que nunca fue reina de nada, ni siquiera del mambo, fue, como se decía en mis tiempos, la más atenta educanda para babieca que hubo en Lima. Lo que pasa es que, como mil años después, la vida misma me volvió a educar, y lo hizo mejor que nadie, parece ser.

... Rosita... Mi tan querida Rosita... De sí misma, dicen que decía, cuando aún era una muchacha:

—Nací un día trece de mayo y soy la número trece y la más fea de todas las hermanas. O sea que, como ustedes comprenderán, soy totalmente incapaz de tomarme la vida en serio...

Y cuentan que, cuando ya andaba por los cincuenta, afirmaba:

—Todavía no me acostumbro a mirarme en un espejo. Entonces, ¿cómo creen ustedes que puedo yo tomarme la vida en serio, señores...?

Y hasta el jueves pasado, aquí en París, a cada rato me decía:

—Me espanta, mi querido Rafaelillo, aquello de: *Genio y figura hasta la sepultura*, porque llevo tres cuartos de siglo de horrorosa, y, no te exagero, realmente me espanta la idea de morir horrorosamente.

París canalla... Cómo engañaste a Rosita... A la indispensable Rosita... A la que nos hizo reír a todos, en la embajada, mientras trabajábamos... A la que tanto te amó, ciudad del diablo... A una mujer que era para mí madre y abuela, pasado, presente y futuro... Pero sobre todo una amiga y una santa... Ya no estaba la pobre Rosita como para que le tendieras una de tus trampas, París... A esas alturas del partido... Amar y sentirse amada... Y por única vez en su vida... Sólo a ti se te ocurre una maldad semejante, maldita ciudad... Porque hoy, precisamente, cumplía Rosita sus bodas de plata aquí, y dentro de un mes, los setenta y seis años de edad... Le estábamos organizando la más linda sorpresa en la embajada y yo me iba a gastar íntegro mi sueldo del mes llevándola *chez* Maxim's... Y qué nos vamos a hacer ahora sin Rosita en la embajada... Sin ella, que ni supo ni quiso saber lo que era una jubilación... Que hasta el último momento nos fue absolutamente indispensable para todo, dentro y fuera de la embajada... En fin, tuviste que ser tú, París canalla...

Rosita parecía haber nacido en la embajada del Perú en París. Y cuando me destinaron ahí, en 1981, como primer secretario, y me la presentaron, intuí inmediatamente que nuestra relación no se iba a limitar a lo estrictamente laboral, que iba a llegar bastante más lejos que eso. Claro que sabía de ella, por todos lados había oído hablar de Rosita y de la increíble historia de su expulsión de casa, de aquella lúgubre mansión de La Colmena, a la que mi abuela materna se refirió siempre como a un verdadero manicomio.

En casa de mis padres y de mis abuelos, desde muy chico, primero, y luego en la academia diplomática, la historia de Rosita la fui escuchando una y otra vez, con mayor o menor precisión, y con los nuevos capítulos que desde París llegaban a Lima. Por eso me hizo tanta gracia que ella misma la calificara como el destete más tardío del mundo, aquel primer jueves en que, por ser hijito de y de, y nieto de y de, y así hasta bisnieto de, me invitó a tomar un whisky a su departamentito de la rue Saint Dominique, en uno de los barrios más elegantes de París, lleno de mansiones, residencias de embajadores, en fin, tremendo *chic*.

La verdad, jamás me imaginé que pudiera existir un bar tan inmenso en un departamento tan chico. Uno entraba, besaba a Rosita, y después ya casi todo lo demás era bar, en esa suerte de templo al vaso y a la botella de *scotch*. Más su bañito, claro, y la cocinita enana, y, entre el bar y la ventana que daba a la calle, un espacio coronado por el más grande y versallesco sofá cama del mundo, con su par de mesitas, el televisor, y sus florerotes del más fino cristal, cada semana con un nuevo y precioso arreglo floral. Y ni qué decir de la provisión de whisky, gigantesca.

—Debería darme vergüenza, Rafaelillo, recibirte con tanto whisky a la vista, pero la verdad es que todo el mundo me regala botellas y, bueno pues, ya qué le voy a hacer a mis años... O sea que nos servimos otrito, ¿no?

—De acuerdo, Rosita. Y salud.

Esto era cada jueves, desde que llegué a París, y hasta el final. Yo no sé cómo hacía Rosita, cuál era su secreto para llegar fresca como una lechuga a la embajada, después de cada una de esas interminables noches de whisky y parloteo. Pero lo cierto es que yo tenía que beberme litros de agua y darle una que otra vez a la aspirina, toda la mañana, mientras que ella aparecía de lo más sonriente, elegantísima con la ropa que le regalaba alguna de sus amigas millonarias, con un maquillaje que parecía al óleo, y con todo su buen humor a cuestas.

Nadie la había visto aparecer de otra manera, desde la primera vez que se le vio por la embajada, cuando al embajador Hernando Somocurcio, esposo de su prima Isabel Pérez Prado, lo destacaron a nuestra sede en París. Tres años más tarde, un cambio de gobierno hizo que don Hernando Somocurcio y su familia tuvieran que regresar a Lima, pero Rosita, que hasta entonces había trabajado únicamente de gobernanta en casa de sus primos, simple y llanamente declaró que se quedaba a vivir en París, se instaló en la primera oficina de la embajada que encontró vacía, se apoderó de un teléfono olvidado que había por ahí, y al cabo de unos meses empezó a recibir un pequeño sueldo, porque en Relaciones Exteriores alguien muy importante decidió que se lo merecía y sólo lamentó que no se le pudiera pagar mejor.

Quién no recurría a Rosita para todo, desde la esposa del presidente de turno, de visita en París y con ganas de ir de museos y de tiendas, hasta el más indocumentado y pobre de los peruanos que aparecía por ahí. Y los embajadores abusaban, la verdad, porque le pedían desde un paquete de cigarrillos hasta un palco en la Opera, para esta noche, por favor Rosita.

—Eso no existe, señor embajador —les decía ella siempre, pero completando, inmediatamente—: Eso no existe, señor embajador, pero yo se lo consigo.

Consiguió tal cantidad de cosas imposibles, Rosita, que ni los militares de izquierda, cuando tomaron el poder, golpe de Estado mediante, se atrevieron a moverla de la oficinita en que cada mañana se instalaba a hablar por teléfono con cuanta vieja millonaria, peruana, francesa o hasta china, había en París, a la espera de que alguien viniera a pedirle un favor imposible, para resolverlo en menos de lo que canta un gallo, y sin moverse siquiera de su teléfono.

—Deberíamos deshacernos de una tal Rosita no sé cuántos que hay en la sede de París —se sabe que le dijo uno de sus generales y ministros al General en Jefe del Gobierno Revolucionario de las Fuerzas Armadas, durante un consejo de ministros—. Nosotros no comulgamos con las ideas de esa vieja del diablo, Juan...

—Pero en cambio ella sí comulga casi diario con la esposa del presidente de Francia —se sabe que le respondió el General en Jefe, colocando su pistolón sobre esa gran mesa de palacio, y, de paso, también, sobre todo el consejo de ministros.

—Ah, entonces son razones de Estado —se sabe que dio marcha atrás para siempre el ministro que no comulgaba con Rosita.

Y éste fue el mismo general que, debido a un problema de ideas y comuniones, tuvo que poner su cargo a la disposición del General en Jefe, aunque a cambio la patadita que le dieron fue hacia arriba, porque fue a dar de agregado militar en París, y justito en la oficina al lado de la de Rosita.

No pasó ni un mes y ya el general no podía vivir sin la ayuda de Rosita. Necesito esto, señora, necesito aquello, doña Rosita, y a todo le respondía ella con su sonrisa pintarrajeada y el millón de arrugas más, correspondientes a ese gesto.

—Cómo no, mi general. Para servirlo estoy, y con todo gusto.

Y se hicieron íntimos amigos desde la mañana aquella en que el agregado militar la sorprendió, pidiéndole un *scotch*, y ella se agachó feliz, abrió el último cajón de su escritorio, sacó dos vasos, una botella de excelente whisky y se incorporó para correr en busca de hielo.

—Doña Rosita —balbuceó el general—, usted perdone, doña Rosita, pero...

—Para servirlo estoy, y con todo gusto, mi general, o sea que dígame nomás si lo prefiere sin hielo o sin agua.

—Parece que no me he hecho entender, señora Rosita, con su perdón, pero lo que yo le estoy pidiendo es un rollito de *scotch tape*, para pegar bien unos sobres...

—Entonces tendría usted que haberse expresado correctamente, mi general, con su perdón, también —lo interrumpió Rosita, dándole inmediatamente la vuelta a la tortilla. Tenía un rollito de *scotch tape* sobre su escritorito, un millón de gracias, Dios mío, y rapidísimo se lo alcanzó al militar, agregando—: En castellano correcto esto se llama cinta engomada, con mil disculpas, mi general.

Pero no pudo aguantarse, como siempre, y soltó tal carcajada que al general no le quedó más remedio que soltarla, también, y bueno, por qué no, aceptarle además un *scotch*, porque él nunca iba a desairar a una dama. Después se fueron a almorzar juntos, y por supuesto que aquella tarde ninguno de los dos regresó a trabajar. En fin, que aquello duró hasta muy tarde en la noche, que fue cuando el agregado militar del Perú abandonó tambaleante el inmenso bar del departamento de Rosita. Ella se acostó a las mil y quinientas, como siempre, pues le bastaba con dormir sus dos o tres horitas diarias, y le encantaba despertarse al alba y tomarse un cafecito bien negro, no bien salía de su sofasote cama. Luego se demoraba siglos en bañarse, pintarse, ponerse las cortinas y amoblarse, como ella misma decía, antes de salir puntualísima, eso sí, siempre, a su misa de siete. La comunión, en cambio, la dejaba para ciertas tardes en que contabilizaba sus horas de ayuno, las multiplicaba por tres, por lo jodidito que había sido el Señor con ella, alguna trampita también le correspondía hacerle a ella, se detenía ante la primera iglesia que encontraba con misa, y esperaba fumando en la entrada el momento de la comunión, en vista de que ya había cumplido por la mañana con la parte más larga de su amor a Dios.

Pero la borrachera del agregado militar en su departamento dejó muy preocupada a Rosita. *In vino veritas*, por bien o por mal, por buena o por mala persona, sólo de puro bromista, o porque tenía muy malas copas —pero no era el caso de averiguarlo—, el general la dejó convencida de que Intel... Bueno, primero le dijo que mejor salían un momentito con sus vasos al patio del edificio, por precaución, mi buena amiga, y porque Intel...

—¿In qué, mi general...?

—Inteligencia Militar, Rosita. O sea el servicio que espía...

—¡Qué horror! Eso no debería hacerse... Pero, en fin, salud...

—...también la espía a usted, Rosita, y salud...

—¡Ay, Dios mío, mi general! Ni que fuera yo tan importante...

—Usted desciende de una familia de terratenientes...

—Yo no desciendo de nadie, mi general, con su perdón. Yo asciendo solita, por mis propios méritos, y a mi altísima edad...

—Pero recibe a amigas peruanas de esa clase social....

—¿Y eso qué tiene que ver? A usted también

lo recibo, y ni a misa va, con su perdón... Cada uno tiene sus convicciones y su fe, mi general. Y para mí la única ley que vale es la de Dios, así en el cielo como en la tierra. Y que es tan bueno conmigo que hasta me manda una generosa provisión de whisky, cada mes, gracias a una serie de ángeles modernos llamados testaferros... Porque lo que es yo, whisky bebo siempre y jamás compro, o sea que explíqueme usted el milagro...

—Entiéndame, doña Rosita. Yo lo hago por su bien. En cada habitación de su departamento debe haber un micrófono escondido...

—Ya lo habría visto, mi general. Yo no uso anteojos ni en misa, y mi misal es de esos con papel biblia y letritas minúsculas...

—Está usted atrasada en micrófonos, doña Rosita. Hoy los fabrican del tamaño de un alfiler. Y los clavan donde uno menos piensa...

—No me lo llego a creer, mi general.

—Ya yo he cumplido con mi deber de caballero, doña Rosita. Allá usted, ahora. Y he tomado la precaución de contarle a usted todo esto fuera de su departamento...

—Un millón de gracias, mi general. Y si ya terminó, pasemos a servirnos otro traguito, que aquí afuera está haciendo mucho frío y nuestros vasos necesitan otra llenadita.

Un par de meses más tarde, Rosita había tenido terribles pleitos o, cuando menos, muy dolorosas conversaciones, con un montón de damas limeñas de las que siempre la llamaban, cuando visitaban París, y la invitaban a todas partes. Había perdido más de una buena amiga, incluso, pero la verdad es que la pobre tenía tanto miedo que empezó a imaginar microalfileres incrustados en cuanto rincón había en su departamentito, en el televisor, en su despertador y por último en todas las mesas y sillas de cuanto restaurante o café había en París, no bien ella entraba.

Y como no se iba a quedar sin trabajo, por nada de este mundo, a la edad que tenía, y como de París no la iban a sacar ni un millón de golpes de Estado más, porque hasta su tumba había logrado comprarse ya, en el cementerio de Montparnasse, con sus míseras herencias y unos ahorritos de alcancía, a cada rato se le veía envuelta en las más terribles y frívolas peloteras con una dama limeña, de las de París o de las de Lima.

—Bien merecido que se lo tiene tu familia...

—¿Pero de qué me hablas, Rosita?

—Te hablo de lo bien merecido que se lo tiene tu familia —elevaba la voz Rosita, para que a Inteligencia Militar le llegara todo bien claro, perfectamente bien grabado.

—Y yo sigo sin entenderte...

—Pues para que me entiendas, de una vez por todas, mema: ¡Viva el General en Jefe! ¡Y abajo los hacendados y los banqueros y todo aquel que se gana el pan con la sangre, con el sudor, con las lágrimas del pueblo canallamente explotado! ¡El General en Jefe se está encargando de la justicia en este mundo, hasta que después Dios tome el relevo en el otro y los condene a todos ustedes...!

Hasta la amiga que más le perdonaba su diaria borracherita estuvo de acuerdo en que sí, en que Rosita estaba muy cambiada últimamente.

—¿La edad, o la política? —se preguntaban todas.

—Las dos cosas juntas, que es lo peor —se respondían muchas.

Pero a Rosita qué diablos le importaba eso. Ella, que nunca se había atado a nada ni a nadie, ahora se daba cuenta de que a París se había aferrado ferozmente. Y le daba gracias a Dios por haberla hecho descubrir una ciudad tan linda, y cada mañana, cuando se despertaba y volvía a tomar conciencia de que, en efecto, vivía en París, de que aquello no era un sueño sino pura realidad, saltaba de la cama, corría a tomarse su cafecito retinto, se metía al baño para encargarse de conservar lo mejor posible el monumento nacional en ruinas que soy, y salía feliz y disparada a darle gracias a Dios por tantas cosas buenas y hermosas que tiene la vida, pero ninguna tan maravillosa como París, Dios mío, tu sierva te lo agradece, Señor Padre y Jesús mío y Espíritu Santo...

Medio levitando salía cada mañana, mi tan querida Rosita, y medio levitando cruzaba la rue Saint Dominique, en dirección al viejo Jaguar verde que un amigo diplomático le había vendido a precio de ganga, y que ella manejaba con un aplomo y una seguridad sorprendentes en una persona de su edad. Y medio levitando llegaba también Rosita a su diaria misa de siete.

Pero aquélla era una mañana realmente especial, porque de golpe París se había despertado blanca de nieve, cuando menos se lo esperaba Rosita, y sin que ninguna estación de radio o canal de televisión lo hubiera previsto en sus boletines metereológicos. En fin, que aquella mañana aún oscura de noviembre, París había amanecido como a Rosita le encantaba, blanquita y limpísima, con todas las caquitas de los perros noctámbulos cubiertas por el hielo y con todas las caquitas más recientes de los perros madrugadores bañadas en copitos como de leche helada.

Caquitas homogeneizadas, caquitas pasteurizadas y caquitas uperizadas, iba pensando

Rosita, mientras regresaba a su departamento, se ponía unos elegantísimos guantes negros, y recogía el trapo más apropiado para limpiar las ventanas de su viejo Jaguar, íntegramente cubierto de nieve, irreconocible su auto, ahí afuera, ahora que ella volvía a salir y se fijaba bien en la magia blanca de aquella mañana diferente a todas las mañanas de su vida, que así de bien y de optimista se sentía Rosita aquel día, mientras iba poniendo manos a la obra, trapo en mano.

Y en ésas andaba, la pobre Rosita, limpia que te limpia la nieve, muy bien protegida por su abrigote Dior, regalo de una amiga, por supuesto, viendo cómo por fin reaparecía el parabrisas, luego una luna del lado derecho, y luego la otra, cuando se dio cuenta de que un señor de unos setenta años, de elegantísimo abrigo azul marino y gorro de ésos rusos de piel, pero muy muy fina la piel, o sea con un gorro de ruso blanco y aspecto de zar, la contemplaba sonriente, beatamente sonriente y como embelesado, aprobando con los más sonrientes gestos cada uno de sus movimientos mientras ella continuaba dale que te dale con las lunas del automóvil, esmerándose en dejarlas impecables para que ese regio caballero que Dios le acababa de enviar del cielo, con maleta incluida, porque Rosita acababa de darse cuenta de que habían venido a buscarla con equipaje y todo, cuánto me hiciste esperar, Dios mío, toda una vida, pero ha valido la pena y ahora por favor deséame lo mejor y déjalo ya todo en mis manos.

Y ella por fin se atrevió a sonreírle al caballero azul zar, y como éste le sonreía cada vez más, a medida que las lunas del automóvil iban quedando que ni recién lavaditas, Rosita no encontró mejor manera de concretar y hasta formalizar su romance, cuando terminó con todas las ventanas, que la de arrancarse con la muy dura tarea de limpiar íntegra la espesa capa de hielo que cubría completamente su viejo Jaguar, para que su caballero se enterara de lo hacendosa que era ella, de que para todo servía ella y de todo sabía hacer, en fin, para que se enterara muy claramente de que ella era soltera y sin compromiso, entre otras razones por haberlo sabido esperar toda su vida...

A misa llegaría tarde, por supuesto, pero ya Dios estaba al corriente de todo, y además no se va a poner celoso por una vez que le consagro la hora de su misa a un caballero que Él mismo ha puesto esta maravillosa mañana blanca en París, y todito para mí. Y más frotaba como loca, Rosita, más le sonreía aquel caballero caído con la nieve del cielo, con su equipaje listo para llevársela de viaje y todo, y más frotaba Rosita, más evidente era para el mundo entero, menos para ella, porque su amor sí que era ciego y apasionado, que el automóvil que iba apareciendo con demoledora nitidez, a medida que ella insistía en frotar cada vez con mayor pasión, con mayor ilusión, con todito su inmenso amor, nadita, ni un pelo tenía que ver con su viejo Jaguar verde sino que era un flamante Mercedes negro.

Y por más que frotó y frotó a gritos, desesperada, aquel Mercedes negro, para que todo aquello continuara como había empezado, para jamás haberse equivocado de automóvil en esa larga fila estacionada bajo la nieve, Rosita no logró impedir que el paraíso se le convirtiera de golpe en un infierno y nada pudo hacer tampoco para evitar que el caballero azul zar se le acercara sonriente para entregarle una propina y decirle: Por favor, señora, ahora sí, ya hágase a un lado, no estoy para ruegos, señora, y por favor, no moleste ya, y tengo el tiempo justo para llegar al aeropuerto, señora, por favor, para ruegos ya estuvo bueno, vieja loca, y qué zar de Rusia ni qué ocho cuartos, que los aviones no esperan ni al presidente de los Estados Unidos y ¡basta ya!

Pero el señor André de Chamfort no tuvo más remedio que perder su avión aquella mañana. Sus principios, su educación, su espíritu cristiano y su deber de ciudadano lo obligaban a ello. E intentó primero llegar a tiempo a un hospital, por supuesto, pero fue ya demasiado tarde. Y ahora quería hacer todo lo que estuviera a su alcance, en el caso, por ejemplo, de que aquella señora tuviese familia...

Es mi deber de compasión, señor comisario... Es mi deber de piedad, con su perdón, señor embajador del Perú...

¡Y ustedes perdonen, carajo, pero lo que es la vida, a veces, desde la más tierna infancia hasta la mismísima tumba! ¡Y también tú te las traes, París canalla!

Las porteras nuestras de cada día

A Iliana y Alfredo Diez Canseco R.

Cómo hablar del París que me tocó vivir, sin referirme a sus inefables porteras, que podían ser porteros, también, por supuesto, pero que por lo general pertenecían al género femenino, deshonrándolo, también por lo general, aunque no faltaban tampoco algunas sublimes excepciones. Lo suyo en esta vida era espiarnos por la puerta de vidrio de su *loge*, o portería, con un ojo inmenso y perverso que ni siquiera se tomaba el trabajo de ocultarse detrás de ese trocito de visillo sucio que jalaba un diabólico dedote inquisidor. Era lo suyo asimismo ocultarnos la correspondencia que llegaba a nuestro nombre, en una suerte de constante huelga de correos que sólo terminaba cuando nos resignábamos a aumentar el monto de una propina extorsionada.

Gracias a Dios, la portera parisina es hoy una especie en vías de extinción, debido fundamentalmente a progresos técnicos y científicos como los intercomunicadores o interfonos, o a esos tableros con botones numerados que nos permiten marcar el código del departamento al que queremos acceder, en un edificio, sin tener que pasar con patibularios pasos o ignominiosas puntitas de pies ante una siniestra portería. Muchas gracias a Dios, sí.

Pensándolo bien, sin embargo, mi siempre desigual combate con el mundo porteril parisino terminó más o menos en empate, aunque parezca mentira. Me refiero, por supuesto, a las porteras y al portero de los edificios en que viví, empezando por la entrañable e inenarrable madame Lacour, en la rue de l'École Polytechnique. La siguieron los aterradores madame Magnol, en la rue Geoffroy Saint Hilaire, y monsieur Duquesne, en la rue de Navarre. Y en la rue Amyot, la calle en que durante más años viví en París, me tocaron dos casos inefables. Primero fue madame Soledad Gomés, de por sí un hecho histórico, y, después, ya demasiado al final, desgraciadamente, la maravillosa e inolvidable Géraldine Maillet, con quien me hubiera encantado casarme, o algo así. Y es que la linda y culta Géraldine fue...

Bueno, fue un ejemplo típico de algo que siempre suele hacerle París a los que están a punto de irse para siempre. Consiste en que, no bien empezamos a hacer el equipaje del adiós definitivo,

París nos muestra, con alevosía y gran maldad, y uno tras otro y por primera vez, una serie de ocultos tesoros y encantos, ante los cuales ya sólo nos queda decir, con nostálgicas lágrimas en los ojos, *Demasiado tarde*, *trop tard*, *troppo tardi*... Y es que, en efecto, ya todo es demasiado y ya todo es *demasié*.

Mi primera portera era una abuelita que vivía con su madre, y entre las dos sumaban algo así como un millón de años. Ella misma me decía, pobrecita, que cuando Dios dijo *Fiat lux*, ya su mamá y ella debían varios meses de electricidad, y que por eso habían terminado en una portería, desde tiempos inmemoriales. Su enana *loge* quedaba debajo de mi minúsculo estudio, y a mí me encantaba tocarle la puerta con un ramillete de flores en cada mano, para usted y para su mamá, madame, y con una impresionante sonrisa de recién llegado a la Ciudad luz.

Pero lo que nunca sabré es cómo diablos lograba yo entrar y sentarme horas a conversar con tan adorables veteranas, ya que en aquellos muy escasos metros cuadrados, aparte de una camota altísima y repleta de edredones, almohadones y millones de muñecas elegantísimas, había más muebles y lámparas y mesitas y adornos *belle époque* y de todo tipo de objetos decadentes que en el mismo mercado de pulgas de París.

Aún recuerdo el pelo blanco e inmaculado de madame Lacour y la eterna sonrisa de su mamá en su mecedora. Las dos se peinaban románticamente con uno de esos moños sobre la cabeza de las fotografías color sepia de antaño. Y tenían los ojos demasiado azules para ser verdad y esa palidez extrema de las personas que jamás en la vida le han hecho daño a nadie. La sonrisa la tenían como en esas películas de misterio con encaje antiguo y toquecillos por aquí y por allá del otro mundo, aunque sin efectos especiales de esos destinados a aterrarlo a uno en su infancia.

Yo no sé qué capacidad tenían las dos para detectar la más mínima expresión de hambre en mi rostro, aun sin verlo, pero lo cierto es que madame Lacour subía siempre a tocarme la puerta y anunciarme un platote de fideos para estudiante, no bien yo empezaba a soñar con ese banquete con salsa de champiñones o de tomate o de lo que sea, o incluso sin salsa.

Se murieron la misma noche, pobrecitas, y con toda seguridad lo hicieron para no abandonar la una a la otra. Y sólo a mí parece ser que tenían en este mundo madame Lacour y su mamá, porque sólo yo las acompañé al camposanto y sólo yo lloré y sólo yo todo, aunque cuando las dejé ya enterraditas en su última morada parisina, tuve la impresión de que, en vez de partir a su último viaje, ellas acababan de emprender el camino hacia un lugar que les era sumamente familiar y que a ello se debieran precisamente aquellos toquecillos por aquí y por allá del otro mundo que noté siempre en ellas y en su *loge*, cuando las visitaba con mis ramilletes de cariño y de recién llegado a la Ciudad luz.

De aquel cielo me mudé al infierno que fue en mi vida la horrorosa madame Magnol. Dicen que tenía un marido ahí adentro, en la *loge*, pero que sólo lo tenía para gritarlo y matarlo a disgustos, a cada rato. Lo cierto es que aún siento miedo pánico cuando me la encuentro en mis peores pesadillas, esperándome siempre con el correo en una mano, la otra extendida para la propina, y el vozarrón aquel que me anunciaba que si no había aumento tampoco habría correo del Perú.

Yo había venido muy a menos, desde el minúsculo estudio de la rue de l'École Polytechnique, y vivía ahora en un infame cuartucho techero, poblado de obreros españoles, portugueses, sicilianos y qué sé yo qué inmigración más de aquellos años sesenta. Pues yo envidiaba a esos tipos que trabajaban de día en una fábrica, de noche en otra y que todavía por la madrugada limpiaban edificios públicos. Los envidiaba porque jamás aprendieron una palabra de francés y porque además eran analfabetos, por lo cual podían darse el doble lujo de no entender ni pío de la maldad de madame Magnol y de no recibir correo alguno que le permitiera a ella chantajearlos como a mí.

Aunque también es verdad que ellos me envidiaban a mí, sí, pobrecitos. Cómo no iban a sentir envidia de un tipo que se pasaba la vida sentado, leyendo y estudiando, mientras ellos se mataban entre fábricas y edificios públicos. Y así me lo hacían saber, cuando a veces nos juntábamos un domingo, recién bañaditos todos en la ducha pública, para entrarle un poco al salame o a la paella. Entonces nos tomábamos también algunas copas de vino y hablábamos de madame Magnol. A ellos los odiaba por ser unos asquerosos extranjeros que habían venido a Francia sólo para quitarle su trabajo a los franceses. Y a mí me odiaba porque, en vez de permitir que esos inmundos metecos se cayeran muertos de cansancio en la interminable escalera, o simplemente se mataran por subirla dormidos, yo aparecía a menudo de madrugada para echarles una mano y ayudarlos a llegar a nuestro techo. Pero, en fin, lo nuestro era poco comparado con lo del pobre marido de madame Magnol. Porque dicen que tiene un marido pero sólo para gritarlo y matarlo a disgustos, a cada rato.

Vine un poquito a más, por fin, y de mi techo de la rue Geoffroy Saint Hilaire y madame

Magnol pasé a un techito bastante acogedor y de dos piezas, y hasta con su excusado turco pero privado, en la helada terraza, eso sí. Todo aquello quedaba en la rue de Navarre, junto a las arenas de Lutecia, siempre en las cercanías de la placita de la Contrescarpe y en el corazón más vejancón y pobre del entrañable Barrio Latino de aquellos años, todavía con una que otra reminiscencia del *París era una fiesta*, de Hemingway, aunque ya sin las cabritas que atravesaban la placita y le depositaban a uno su leche en la puerta de su edificio.

Pues ahí fue donde me tocó de portero el tal monsieur Duquesne, una versión bastante menos gritona y burda de madame Magnol, aunque de una refinadísima maldad postal, eso sí. El tipo coleccionaba estampillas, maldita sea, y para demostrarme lo todopoderoso que era ante mí, las despegaba de los sobres antes de entregármelos, a cambio de una propina cuyo monto él fijaba según la cantidad de cartas que me llegaba cada día, cada semana o cada mes.

Sólo la suerte hizo que me quitara de encima la maldad de monsieur Duquesne, de cuya homosexualidad se sospechaba tanto que no faltaba en el aquel cucufato edificio quien deseara ponerlo de patitas en la calle. Me opuse siempre a ello y voté en contra, en cuanta reunión de vecinos se me consultó sobre el asunto, y hasta estuve a punto de terminar yo de patitas en la calle, por defender su derecho a una vida privada en la que nadie anduviese husmeando como él husmeaba en la mía.

Y en esos ires y venires andaba yo, cuando una tarde entré en el edificio y, al ver la puerta de la *loge* entreabierta, me asomé para preguntar si no me había llegado correo. Fue mi golpe de suerte. Mi gran golpe de suerte. Monsieur Duquesne y un gigantesco camerunés estaban sentaditos en un sofá, cogidísimos de la mano, cada uno con una faldita escocesa que le quedaba a cual más graciosa, la verdad. Y así estalló la paz, aquella tarde, entre monsieur Duquesne y yo.

En la rue Amyot, la última y más larga de mis moradas parisinas, Soledad Gomés me torturó siempre con los habituales tormentos que suelen aplicarles las porteras a todos los inquilinos, excepción hecha, claro está, de algún señor marqués o de alguna señora multimillonaria. Pero, en fin, digamos que estos especímenes no abundan entre los jóvenes extranjeros que llegan a París para estudiar, trabajar o intentar crear algo.

Pero a mí, eso de que Soledad fuera tan francesa y tan Gomés, no terminaba de convencerme del todo, sobre todo porque su esforzado acento delataba un origen por lo menos extraño. También la forma en que se esmeraba por ser la más francesa y perversa de las porteras delataba algo. Mi suerte con ella consintió en que, entre mis colegas de la Universidad de Vincennes, había un viejísimo, muy sordo, y ya casi ciego exiliado de la guerra civil española, de nombre Castro.

No sé cómo diablos logré invitar al pobre profesor Castro a tomar té en mi casa y que entrara al edificio en el preciso instante en que Soledad Gomés abría la puerta de su *loge*. Yo andaba en mi segundo piso, izquierda, cuando escuché los alaridos de Soledad y pensé que estaba matando a mi invitado, o algo así, porque lo cierto es que la palabra *muerto* era la más frecuente en la tremenda gritería que se había armado, ahí en los bajos.

Pero no. Todo lo contrario. Resultó que Soledad Gomés era un nombre clandestino y de combate ya afrancesado, que ella se llamaba, en realidad, Juana Castro, que ella y mi colega eran hermanos, y que cada uno creía que el otro había muerto en España. Resultó, por último, que los años y su miedo clandestino la habían ido convirtiendo en una pérfida portera parisinísima. Y como el profesor Castro era mi colega y amigo, acababa de estallar nuevamente la paz en mi vida de inquilino con portera bruja.

Poco tiempo después, y por cosas de la edad, los hermanos Castro abandonaron este mundo y yo me dispuse a abandonar París. Jamás olvidaré que

Géraldine Maillet apareció en su *loge* de portera el mismísimo día en que yo contraté mi mudanza. Una nueva vida pudo haber empezado entonces, porque aquella preciosa muchacha me trajo día tras día el correo hasta mi segundo piso, izquierda, contra todas las costumbres ancestrales. Y que hasta la invité a pasar más de una vez. De música clásica sabía tanto como de jazz, y los dos preferíamos a Camus que a Sartre, que además Géraldine encontraba demasiado ideológico para ser artista. No me atreví a preguntarle por las misteriosas razones que la habían llevado del mundo del arte y las letras al de las infames porterías, ni ella me preguntó tampoco por qué ni a dónde me iba cuando me ayudó a hacer el equipaje. Nunca nos preguntamos nada, Géraldine Maillet y yo, y por ello sigo inclinándome a pensar que cada uno fue para el otro, *como en un sueño*.

La gorda y un flaco

A Cecilia y Humberto Bertello, y a Carlos León Trelles

Nosotros le llamábamos la Gorda Queta, pero esto ella ni lo sospechaba. Nos hubiera matado o, por lo menos, nos hubiera dejado de invitar a sus comilonas con bailongo de los sábados si se enteraba de que no la llamábamos Enriqueta Taboada y Manso de Velasco, porque aquello de ser descendienta de dos virreyes del Perú era prácticamente todo lo que le quedaba en esta vida, aparte de unos hijos mellizos, claro, pero el par de bestias esas, por el que ella qué no hubiera dado, no había encontrado nada mejor que aliarse con el animal de su padre y estafarla, sí, tal como nosotros lo estábamos oyendo, es-ta-far-la, mandarse mudar para siempre, y dejarla tirada en el medio de la calle y a su edad.

Pero nosotros sabíamos que, en el fondo, todo era culpa de la propia Gorda Queta, aunque digamos que no de principio a fin, puesto que existía el atenuante de la educación tan conservadora que recibió y del ambiente elitista en que sus padres la obligaron a vivir, haciéndola sentirse miembro a tiempo completo de la flor y nata limeña e, incluso entre ésta, algo así como la divina pomada. La realidad, sin embargo, era muy distinta, pues los padres de la Gorda Queta eran un buen par de fines de raza, y mucho virrey y muchísimo pasado y aun más antepasados, es verdad, pero también lo es que hubieran podido repetir textualmente las palabras aquellas de Francisco de Quevedo: *He vendido mi propia tumba, por no tener donde caerme muerto*. Las hubieran podido repetir en plural, además.

Sin embargo, la Gorda Queta tuvo una inmejorable oportunidad de reaccionar, de dejar atrás tanto prejuicio social y esa estúpida altanería que la caracterizó casi desde que tuvo uso de razón. Tenía veintinueve años y era hija única, cuando sus padres murieron casi juntos, y más que nada de pena, tan sólo un par de años después de que su único hijo varón, toda una esperanza para la familia, pues acababa de graduarse de médico y de casarse con una muchacha de apellidos y fortuna sumamente distinguidos, se matara de la forma más estúpida en un accidente de tráfico en la Panamericana norte.

Entonces fue cuando la Gorda Queta tuvo la gran oportunidad de enfrentarse al mundo de una manera totalmente distinta a la que le habían inculcado sus padres. Y la oportunidad se llamaba Joselito Hernández, el de la panadería y pastelería del mismo nombre, que quedaba justo en la esquina de la casona miraflorina en que la señorita Enriqueta Taboada y Manso de Velasco se había quedado bastante sola en este mundo y empezaba a ganarse con las justas la vida, dando clases de piano a domicilio, ya que su viejo piano de cola no tuvo más remedio que venderlo, de la misma forma en que se vio obligada a escoger sólo una, entre las dos empleadas y la cocinera que siempre trabajaron en su casa, y se quedó con la más barata, en calidad de cocinera, empleada de servicio, lavandera y, en fin, esclava de cuanto antojo se le mete en la cabeza a esta chancha solterona.

El asunto empezó el día mismo en que la Gorda Queta cumplió los treinta años y Joselito Hernández los cuarenta y cinco. Pero había que ver qué cuatro décadas y media las del panadero y pastelero de la esquina, un verdadero semental con cuello de elefante, que unas tres décadas atrás había desembarcado pata en el suelo, en el Callao, procedente de la mayor pobreza castellana y campesina de principios de siglo. Desde entonces trabajó en todo y aprendió a hacer también de todo, con la única finalidad de meter sus ahorros bajo un colchón hasta el día en que pudiera instalarse por su cuenta y riesgo, jamás volver a depender de nadie y fundar un hogar como Dios manda.

La Gorda Queta, en cambio, para nada hubiera podido alardear de sus tres décadas, aquella mañana de verano en que fue a la Panadería y Pastelería Joselito Hernández, porque cumplía los treinta años bordeando los ochenta kilos y sin la más remota esperanza ya de que un hombre tocara a su puerta. Y ahí andaba hace horas, ante el muy moderno y amplio mostrador, escogiendo uno por uno todo tipo de pasteles dulces y salados, porque no encontraba mejor forma de celebrar su cumpleaños que la de pegarse una gran panzada, a solas. Y Joselito Hernández, que desde que llegó al Perú no había tenido tiempo para recordar, añorar, sentir nostalgia de algo, ni mucho menos para celebrar un cumpleaños, de golpe se acordó, con sentimiento, de que ese día cumplía los cuarenta y cinco tacos, de que ya empezaba a acercarse a eso que llaman el medio siglo, y de que en su pueblo analfabeto las mozas, aunque algo más mozas y algo menos entraditas en carnes que la señorita Taboada y qué sé yo, también eran así de robustas y de sanas y de todo lo demás, siempre positivo.

Cosa rarísima en él, Joselito Hernández, hombre de palabra, sí, pero no de muchas palabras, tuvo como una desconocida y muy grande necesidad de conversar con un cliente, aunque, como no era persona de matices, ni se le pasó por la cabeza la idea de preguntarse si esas ganas eran de conversar con un cliente cualquiera, hembra o varón, por ejemplo, o sólo con esta clienta. Pero lo cierto es que conversaron y que, a la pregunta que le hizo él de si eran esos treinta, en total, los pasteles que se pensaba llevar, ella le respondió, bastante gorda y altaneramente, y mirándolo de arriba abajo, que era como la Gorda Queta solía mirar desde siempre a media humanidad:

—Y si vivo diez años más me compraré cuarenta y también me los tragaré sola, el día de mi cumpleaños.

—O sea que usted cumple hoy los treinta —le dedujo, a la perfección, Joselito Hernández, porque para lo de escribir y leer siempre había sido un poco corto de luces, pero, en cambio, para lo de sumar, calcular y restar sí que era un lince, aunque al Perú había venido tan sólo a sumar, y sumando y sumando había pasado de su colchón a una caja de ahorros e intereses, y ahora cuando entraba a un banco de Lima lo saludaban ya como si fuera un banquero. Este último hecho emocionó a Joselito Hernández, que desde que llegó al Perú tampoco había tenido tiempo para emociones ni esas cosas, y, total, que entre lo de las mozas robustas de su pueblo, alguno que otro recuerdo más, y lo del medio siglo al que empezaba a acercarse, Joselito

147

Hernández exclamó dos veces seguidas, algo que tampoco había tenido tiempo de hacer desde que desembarcó pata en el suelo en el Callao:

—¡Entre usted y yo sumamos setenta y cinco años años! ¡Hermosa cifra!

Y él, que ni una yapa le había dado, jamás, al hijito del más asiduo de sus clientes, de golpe se descubrió regalándole a la señorita Enriqueta setenta y cinco pasteles, en el preciso momento en que ella, por primera vez en su vida, miraba a Joselito Hernández al revés, o sea de abajo arriba, y, Dios mío, las ganas de comérselo vivo como un millón de pasteles que le entraron a Enriqueta Taboada y Manso de Velasco.

Terminaron dejando los setenta y cinco pasteles para el día en que cumplieran los setenta y cinco años de lo mismo, o sea que en realidad terminaron brindando con champán francés y revolcándose con lengüetazos, mordiscones y tremendos arañazos, en la cama en la que tan finamente se revolcaran antaño un virrey y una virreina, según le contó la Gorda Queta a su semental, durante una de sus breves pausas jadeantes.

—Entonces en esta cama a lo mejor hasta penan —se inquietó Joselito Hernández, que algo le había oído decir al cura de su pueblo acerca de las penas y los palacios abandonados.

—Tonto —le dijo ella, agregando—: Sólo los analfabetos y los pata en el suelo creen en esas cosas.

Y así, desde el primer día, pero cada vez más frecuente e hirientemente, la Gorda Queta le fue haciendo sentir su inmensa superioridad —menos en lo animal, claro, aunque en fin, eso es lógico, idiota— a Joselito Hernández. Pero, en medio de todo aquello, la Gorda quedó embarazada, y eso los obligó a casarse una mañana de invierno en la que prácticamente todos los invitados saludaban y felicitaban al novio, igualito que cuando entraba a un banco, pero a la novia no había manera de saludarla, por la cara de malas y muy despectivas pulgas con que fue pasando por todas las formalidades de un matrimonio por lo civil y lo religioso, con saludo a los recién casados y banquete de bodas, después.

Y el hijo que esperaban resultó ser los hijos que esperaban, o sea los mellizos, ese par de imbéciles a los que su madre les enseñó a despreciar a cuanto inmigrante había en el mundo, entre otras mil lecciones como las que ella había recibido, desde la cuna, y a avergonzarse profundamente de ser hijos de un pata en el suelo, de un pastelero, de un panadero, y a venerarla a ella y a sus apellidos, por ser gracias a estos nombres maternos que la gente decente de esta ciudad y de cualquier otra, en el mundo, jamás los mirará de arriba abajo, o sea como ella había vuelto a mirar a ese paciente semental que ni a responderle se atrevía, cuando lo llamaba mula, burro, zopenco y cosas por el estilo.

Pero, la bestia, ahí, fue en realidad la Gorda Queta, y no sólo porque Joselito era el que tenía los chibilines y el que construyó el tremendo caserón aquel en que vivían y les dio todo y de todo a sus mellizos, a cualquier edad, sin que éstos se lo pidieran siquiera, sino porque las sangres nuevas, campesinas, inmigrantes y sementales, siempre han podido más, muchísimo más, que un cabo de raza antipatiquísimo y ya excesivamente gordo como para ser moza robusta y nostalgia de un pueblo analfabeto de Castilla.

Y fue así como un día Joselito Hernández invitó a sus hijos al mejor y más elegante cabaret de Lima y, entre copa y copa, y rubias y morenas, les contó que se había hartado ya de la Enriqueta, perdonen, de vuestra madre, y que bueno, que para serles sincero, la única razón por la que había soportado tanta humillación es por ustedes, hijos míos. Les explicó en seguida que, asimismo, había esperado lo suficiente para que ellos estuvieran en edad de decidir libremente si deseaban seguirlo o no en sus planes, hijos míos.

—¡Por supuesto que sí, padre querido!

—gritaron, a dúo, los mellizos, emocionando a su padre con tan firme y espontáneo acuerdo total, y emocionando de paso hasta a las rubias y morenas cabareteras.

Los planes de Joselito Hernández se llevaron a cabo con asombrosa perfección y hasta el último detalle, que fue la coctelera eléctrica. Habían empezado por la casa misma, que Joselito Hernández vendió con la finalidad de mudarse a una muy superior, cuyas llaves no tardaban en entregarle. Después, a los mellizos se les malograron, casi al mismo tiempo, los automóviles que su padre les había obsequiado, el día que ingresaron a la universidad. Y Joselito Hernández, engreidor como siempre, se ofreció para llevárselos a un taller, uno tras otro. Y así se fueron malogrando muchas cosas más, como la refrigeradora, la cocina, la lavadora, el tocadiscos, etcétera, y Joselito Hernández se ofreció para llevarlas todas a arreglar y, como siempre, cumplió. Y, ya al final, fue cosa de irse llevando poco a poco los muebles a tapizar, para que llegaran como nuevos a la casa nueva, aunque, por supuesto, la parte del mobiliario que proviene de la historia del Perú se tapizará en presencia de vuestra madre, o sea que se queda aquí con ella, por ser la única entre nosotros que entiende de virreinatos.

Después desaparecieron para siempre, padre e hijos, tras haber vendido a buen precio los automóviles, el montón de muebles, electrodomésticos y demás objetos llevados a tapizar o arreglar, y sin que jamás hubiera existido, por supuesto, casa nueva alguna. Y hay quienes dicen que se fugaron a España, donde hoy viven con otro nombre, y también quienes aseguran haberlos visto en Buenos Aires, pero con otras caras. La Gorda Queta no volvió a saber de ellos, en todo caso, y hasta tardó un buen tiempo en asumir plenamente lo que le había ocurrido. Y de nada le valió mirar de arriba abajo a los nuevos propietarios del caserón que aún creía suyo, el día en que llegaron con toda su mudanza y la encontraron muy griposa y malhumorada en su camota sólo para virreyes.

En fin, ésta es la Gorda Queta que llegó a París, en 1964, con el cargo de agregada cultural del Perú, y sin tener la más remota idea de lo que ello significaba, salvo un buen sueldo en dólares y todas las prebendas de un diplomático de carrera, o sea una vida confortable y agradable en una ciudad en la que jamás pensó que llegaría a poner los pies, pero donde hasta un buen escritorio tenía en nuestra embajada —para qué, sabe Dios—, gracias a un lejanísimo parentesco con el recién electo presidente de la república y a esa serie de intermediarios que tanto la ayudaron, por ser el nuestro un país en el que siempre se es amigo de alguien.

Las únicas instrucciones que recibió la Gorda Queta, antes de embarcarse, se referían al gobierno que iba a representar culturalmente, en la capital mundial de la cultura. Se las dio un funcionario de Relaciones Exteriores, conjuntamente con su pasaje de ida a París:

—Nuestro gobierno es una emanación de la voluntad del pueblo, doña Enriqueta, y para servir al pueblo está donde está. Y es un gobierno ampliamente democrático y reformista, que desea un Perú de veras conquistado por todos y cada uno de los peruanos que transiten libremente por la carretera marginal que va a construir, a través de selvas y montañas, en el más corto plazo, y gracias, entre otras cosas, a la cooperación popular.

Doña Enriqueta Taboada y Manso de Velasco no pudo evitar una mueca de asco, porque lo único que puede emanar de tanto pueblo y tanta cosa popular es mal olor, pero se abstuvo de hacer comentario alguno porque en París pensaba quedarse tanto cuanto durara este gobierno, y porque el presidente del Perú, pariente suyo por Adán, emanaba de una familia tan devota como honesta y patricia.

—Olvidaba decirle, doña Enriqueta —le agregó, culturalmente, el mismo funcionario de

Relaciones—, que debe usted tener siempre presente que el presidente ha ocupado durante largos años una cátedra universitaria y que, por consiguiente, vería con muy buenos ojos que usted se ocupara de los estudiantes peruanos en París.

Así comenzaron las comilonas con bailongo de cada sábado, donde la Gorda Queta, que para nosotros, pobres becados de aquellos tiempos, eran prácticamente la única oportunidad semanal de evitar el horror culinario de los restaurantes universitarios parisinos. Y para qué, sería faltar a la verdad si dijéramos que la Gorda no invitaba a tutilimundi, con democracia y reformismo, y que en su casa se podía encontrar uno con gente de color y origen muy humildes, como Palmira Centeno y Horacio Cóndor, una parejita cuyos nombres de pila muy bien podrían haber pertenecido a la Roma de los Césares, pero que en realidad pertenecían al más puro y duro mundo andino. Lo que sí, a este tipo de gente era al que la Gorda Queta le aplicaba aquello de la cooperación popular, pues los hacía venir más temprano, para que cocinaran, e irse más tarde, para que le lavaran los platos, cubiertos y vasos.

Pero bueno, todos éramos felices en casa de la Gorda Queta, sábado tras sábado. Cada uno llevaba sus discos, y bailábamos valsecitos criollos, tonderos, tristes con fuga de tondero, polquitas, marineras, y hasta huaynitos, a pesar de la cara de asco que ella ponía cuando nos arrancábamos con lo andino y Palmira y Horacio, por un lado, y el Cholo Santos con su peor es nada, por otro, rivalizaban en compases, saltitos y zapateos, y la Gorda Queta se resignaba y hasta sonreía al afirmar que bueno, pues, que había llegado el momento de la cooperación popular, y que sí, de acuerdo, que agua para la caballada y que sacáramos por consiguiente unas cuantas botellas de vino más.

Pero, de golpe, y cuando los sábados de la Gorda Queta eran ya toda una institución en nuestra vida de estudiantes, surgió el problema del flaco de los bajos, un solterón maniático y malhumorado que acababa de mudarse al edificio en que vivía la Gorda Queta, en la rue Molitor. Nunca antes habíamos tenido problema alguno con los vecinos, y eso que a veces nos quedábamos hasta bien entrada la noche, cantando, bailando, sacándole chispas al suelo y riéndonos a carcajadas con las ocurrencias del Loco Collantes. Pero bueno, ahora las cosas habían cambiado, porque cada sábado, a las diez en punto de la noche, el tipo de los bajos se la agarraba a palazos de escoba con el techo de su departamento y, si no le hacíamos caso y apagábamos la música y nuestra alegría, *ipso facto*, llamaba a la policía y el asunto se ponía sumamente desagradable, por más que la Gorda se acreditara como diplomática peruana y Taboada y Manso de Velasco, con tanta rabia como el flaco quejón, que ante tanta acreditación respondía, histérico ya, que entonces él se llamaba Napoleón Bonaparte.

—¡Y esta noche Napoleón Bonaparte quiere dormir en paz! —concluía, y gritando tanto que una noche la policía lo amenazó con una buena multa también a él.

Creímos haberle encontrado una solución al problema, cambiando las comidas por almuerzos, aunque a regañadientes de la Gorda Queta, que por nada de este mundo quería dar su brazo a torcer, pero que al final aceptó ese cambio de horarios, sobre todo a la hora de su siesta. Y la alegría volvió a reinar sábado tras sábado en aquel amplio y confortable departamento de la rue Molitor, en el sexto derecha. Ahora las jaranas duraban más, también, y bailábamos y nos divertíamos tanto que poco a poco la cosa se fue prolongando y prolongando, y eso que empezábamos casi a mediodía, con los primeros pisco sauers, toda una especialidad de la linda Marita Ruiz, que realmente los preparaba tan bien como en Lima, pero que le cargaba mucho al pisco, eso sí. Y así hasta que un día, sin darnos cuenta de la hora que era ni nada, y con el bailongo en todo su esplendor, el flaco del quinto derecha realmente nos sorprendió cuando se la agarró a escobazo limpio con su propio techo, mientras gritaba que todos allá arriba éramos la escoria de París y enloquecía con lo de Napoleón Bonaparte y la policía.

Nuestro último recurso —y nos pareció genial— fue invitarlo cada sábado, para que viera que éramos gente buena, gente decente y esas cosas, que nuestra agregada, además de cultural era virreinal, y no incaica, y que nosotros de lunes a viernes éramos unos serísimos estudiantes becados por el mismísimo gobierno del general Charles de Gaulle. Así se enteraría, de una vez por todas, de quiénes éramos, el flaco del diablo ese, y a lo mejor hasta descubría que la vida también puede ser rítmica y alegre, cantada y bailada, y que era muy malo para la salud mental y, en fin, para el cuerpo y el alma, vivir tan solo y sin visitas, como se vive hoy en las grandes ciudades, sin siquiera tener relaciones de buena vecindad con los del piso de al lado, de arriba, de abajo y así sucesivamente.

Con nosotros el flaco del diablo ese iba a aprender lo que es la vida y, de paso, nos iba a permitir continuar con nuestros sábados musicales, mientras que también él bailaba y aprendía a degustar una cocina que, aunque sin ser tan refinada como la francesa, *ah oui, monsieur, bien sûr, vous avez tout à fait raison*, podía ser también francamente deliciosa. Y lo invitamos un sábado, y el hombre llegó puntualísimo y feliz, hasta con su botellita de vino para la cooperación popular y todo.

Pero de todo hay en la viña del señor, definitivamente, y ahora sí qué diablos íbamos a hacer para poder seguir disfrutando de nuestros sábados bailables en el departamento de la Gorda Queta. En fin, habráse visto cosa igual. Porque lo cierto es que el flaco del quinto derecha disfrutó como nunca en su vida aquel sábado por la tarde. Y había que verlo beber y comer como nadie, y luego prácticamente apropiarse de la linda Marita Ruiz, baile tras baile, polquita tras vals, y entrarle incluso a la marinera con cierta gracia, mientras todos lo aplaudíamos, lo felicitábamos por su facilidad para pescarle el secreto y el ritmo al asunto, matándonos de risa cuando él mismo empezó a exclamar que aprendiéramos, que nos fijáramos bien en Napoleón Bonaparte, en su arte, su finura, su salero, que esto es lo que aquí en París se llama bailar, señoras y señores...

Y no sabíamos nosotros la pena que sentía Napoleón Bonaparte de tener que retirarse a las nueve de la noche, pero es que lo de su gastritis, lo de su presión alta, lo de su úlcera al duodeno, nosotros comprendíamos, él había abusado, pero nos agradecía tanto por aquel sábado, porque Napoleón Bonaparte, para serles sincero, no recordaba otro sábado tan feliz en toda su vida y claro que volvería y un millón de veces *merci, madame Enguiquetá*...

Pero, en la viña del señor, donde definitivamente se ve cada cosa, aquel sábado, a las diez en punto de la noche, el hijo de mala madre ese se la agarró a escobazo limpio con su techo, y aún no habíamos tenido tiempo de reaccionar cuando ya la policía estaba echando la puerta abajo y esta vez sí que sí, se acabó para siempre, y con reincidencia, además, *madame Tobogan y Mansó*...

Deep in a dream of you

A Fernando Ampuero, Guillermo Niño
de Guzmán y Luis Peirano

¿Por qué estoy en este departamento, si hace siglos que me mudé de aquí, Françoise? ¿De quién es esta tierra de nadie y por qué hay un conejillo de indias que a cada rato pasa y vuelve a pasar, como si me estuviese observando, vigilando? ¿Por qué soy un intruso, un hombre que se ha metido en un departamento cuyos propietarios deben haber salido, pueden volver en cualquier momento? ¿Por qué el conejillo de indias se llama Anselmo y cómo logré yo entrar, por qué sé que si me incorporo y voy hacia la derecha llego a la cocina y sé que yendo de frente llego al dormitorio y al baño? ¿Por qué estoy sentado en un sofá y lo que tengo a mi lado son tres discos que me pertenecen —Aretha Franklin, Sarah Vaughan, Billie Holiday? ¿Por qué los he escuchado siempre pensando en ti, Françoise? ¿Y por qué es de noche y me he puesto el terno de corduroy negro con chaleco que te encantaba, y el reloj y la leontina? ¿Por qué hace años que no te espero y ahora te espero desde hace años y años? ¿Por qué es hoy año nuevo en París, Françoise? ¿Por qué este sueño de algo que hace siglos soñé y que sólo recuerdo cuando ando en este *no man's land*? ¿Y por qué de golpe también estoy aterrizando en las islas Seychelles y caminando por playas que te pertenecen y en las que de pronto aparece Pierre y me abraza, me saluda tan afectuoso, tan joven, tan alegre, tan salud y figura...?

Oigo decir que la fiebre es muy alta y miro a una enfermera y ella no sabe que si le sonrío por toda respuesta es porque deseo que me suba muchísimo más la temperatura. Y pienso, Françoise, en las cosas tan raras que me suceden a mí, en que normalmente estos fiebrones producen pesadillas y que en cambio a mí me llevan a aquel departamento que conozco y no conozco y a París y a un año nuevo que indudablemente voy a pasar contigo, en vista de que es a ti a quien estoy esperando, ¿o no, Françoise? ¿Sí...? Entonces dime ¿qué pintan aquí las islas Seychelles y por qué es Pierre, no tú, quien sale del mar y corre hacia mí, para saludarme...?

—Yo también quise que volvieran esos años, Roberto. Y anoche corrí hacia ellos. Literalmente volé hacia ellos, cambiando de aviones, horas y horas volando desde las islas Seychelles, para llegar a París, a la Closerie des Lilas, a Enghien, aquí, a ti, a unos brazos que nunca se abrieron para mí, los tuyos, Roberto...

—Porque tú tenías dieciséis años y yo treinta y cuatro...

—Porque la querías a ella, Roberto, no me mientas...

—Yo no lo siento así, Françoise... Yo... Yo me niego a recordarlo así...

—Casi me matas de pena cuando desaparecí de tu vida... Lo hice para que te fijaras en mí, para que me extrañaras, para que me volvieras a llamar, para que regresaras a casa de mis padres, en Enghien... Para... Pero tú ni cuenta te diste de nada. Te facilité las cosas, en el fondo.

—Ahora te he llamado, Françoise...

—Ahora es doce años después, Roberto...

Nunca me acuerdo de muchas cosas, felizmente. Françoise se impone, las borra todas, se apodera de todos mis sueños y es delicioso que me acapare por completo, que sea todos los sueños de mi vida y el último sueño que me queda. Te debo tanto, Françoise... Desde hace muchos años, por ejemplo, ya nunca voy al aeropuerto a despedir a Elisa, que en realidad me está abandonando. Y desde hace más tiempo aún, es a ti a quien acabo de conocer y a quien quiero, te amo, Françoise. Un amigo me ha invitado a una fiesta en Neuilly porque mi esposa me ha abandonado y debo hacer algo por olvidarla. Y lo que hago es sacarte a bailar porque he visto que me miras sonriente, que no lo ocultas, que te has fijado en mí desde que llegué y que me aceptarás si te invito a bailar.

—Françoise, dieciséis años, liceo de Enghien.

—Roberto, peruano, piano...

—¿Pianista?

—Sólo piano bar, pero me gusta vivir en París, y ésa es la manera.

—Yo vivo en Enghien, y en mi casa hay un piano...

—Y un papá y una mamá, me imagino.

—Y hasta un hermano mayor.

—...

—No te vayas, Roberto, bailemos otra vez.

En cambio salimos al balcón, mi tan querida Françoise. No sé muy bien por qué, pero ahora siento que fue porque deseábamos estar solos, aislarnos de las parejas que bailaban tan alegremente y confrontar los datos que acabábamos de intercambiar. Y yo deseaba, además, que te fijaras muy bien en el anillo que llevo en la mano y en el dedo del matrimonio, Françoise, porque eres muy muy bonita, pero hay algo más, también. Era mejor que empezáramos por confrontarlo todo:

casado, treinta y cuatro años y desganado piano bar, contra dieciséis años, liceo y unos papis en Enghien. En fin, lo que se dice tal para cual. Pero eres tan linda, Françoise, que si tú no te despegas de mí, yo tampoco.

Terminé tocando *Night and day*, en Enghien, pero pensando de otra forma en el título y en las palabras de esa canción: Françoise es plena luz del día, yo pura noche, pura y dura malanoche.

Pero cómo la amabas, Roberto. Se te notaba en cada canción que escogías. Cuando, entrañable, sonriente, ansiosa, feliz, Françoise llegaba a visitarte a tu departamento de la rue Saint Séverin, tú siempre golpeando con un solo dedo las mismas teclas: *Sad is the night, dark is the moon, et c'est fini*... Era como equivocarte de nombre y saludar a Elisa, en su lugar.

Pero eres tan linda, Françoise, que si tú no te despegas de mí, yo tampoco. Y es increíble cómo me aceptan y me reciben en tu casa, como si yo tuviera dieciocho años y aún ni soñara con largarme del Perú, con estudiar piano en el conservatorio de París y terminar en un piano bar, de puro dejado y de puro que me gusta la noche, más no haber estado a la altura de una esposa que soñó con un gran intérprete, ella lo es, al fin y al cabo. Y tus padres y tu hermano me reciben *Night and day*, cuando no tengo que reemplazar a alguien en la Closerie des Lilas o en el Calavados, y a veces también en la rue Polonceau, marginales y peligro, en vertiginosa caída bajofondo que en esta casita se olvida porque es tan rodeada de jardín, tan blanca por dentro, por fuera, tan campiña, tan madera y cojines, tan la chimenea y su leña, tan confort.

Me dan té, me dan whisky, me dan cariño, cuando llegamos caminando desde el momento mismo en que yo me despierto tan tarde, me ducho, yo desayuno-almuerzo, yo salgo disparado a esperarte a la salida de tu liceo en Enghien, metro, tren, tirar pata, el cigarrillo en la boca, la esquina, tanto mocoso y tú, Françoise, destacando entre ellas y ellos, apartándote para correr hacia mí, no bien me ves, esos besos en las mejillas a veces son hasta cuatro, yo siempre arrojando el cigarrillo, ayudándote con los libros y emprendiendo el camino... ¿Cómo se dice para que suene bonito, Françoise...? Así, mira: Emprendiendo el camino a campo traviesa y rumbo a lo impecable, chimenea y campiña, soñando despiertos, sabemos inglés y nos cogemos de la mano bien fuerte cuando estamos de acuerdo en las palabras de una canción —es lo mío, finalmente— que mejor nos describen, en aquella primavera de 1972: *Deep in a dream of you*, mientras llegamos caminando desde el momento mismo en que yo me despierto tan tarde, me ducho, yo desayuno-almuerzo, yo salgo disparado...

Ya no es necesario encender el fuego de la chimenea para que tu papá encuentre calientita la sala, cuando regrese feliz a su casa el piloto de Air France, y ¿en qué otra cosa más la puedo ayudar, madame? Pero ella te llama Roberto y tú terminarás llamándoles Christiane y André a los padres de Françoise y nuevamente te sorprenderá que sigan aceptándote tal como eres, también el hermano Jacques, tercer año de arquitectura, parece que hubieras nacido en esa casa, tan familiarmente te trata Jacques cuando entra y te vuelve a encontrar en el piano: *Ain't misbehaving, saving my love for you...*

Se alargan los días de la primavera y se demoran en llegar las noches y Elisa ya ni siquiera se toma el trabajo de responder a tus cartas, que son de amor, que prometen un inmediato retorno al conservatorio, que prometen cualquier cosa, con tal de... *Sad is the night, dark is the moon, et c'est fini...* En Enghien queda Françoise, hermosa como un sueño de verano, pero ya tú no la llamas, no la buscas, y bebes demasiado mientras tocas en las noches interminables de un piano bar por Pigalle y los paquetes de cigarrillos se hacen humo, a pesar de lo que te dijo el médico, la tos y ese enfisema, a su edad, señor...

Françoise prepara ahora una licenciatura en inglés y no le respondes, sigues tumbado en la cama, mirando el techo y fumando, cuando una y otra vez toca tu puerta y la dejas irse y escuchas el desconsuelo de sus pasos lentos bajando la escalera, pasos preocupados, pasos tristes, tan distintos a los de hace unos minutos, sólo un par de minutos, cuando llegaba corriendo a verte y hasta sus pasos sonreían nerviosos, ansiosos, ¿estará o no estará ahí arriba, Roberto...? Roberto no estaba nunca, pero sí estaba ahí arriba, apretando muy fuerte los puños y aguantándose porque tú tenías diecisiete años ya, y quererte para él era ahora esperar hasta que te fueras, luego abrir los puños y seguir tumbado y poder toser, por fin, mientras el eco de tus pasos en la escalera se convertía en una preciosa voz escuchada en Lima, hace mil años: *Y llegar el amor, cuando no puede ser*...

Françoise te buscó en la Closerie des Lilas y en el Calavados, pero le informaron que ya no reemplazabas a nadie ahí, de tu indisciplina, de tu tos en público, de que la gente se quejaba porque una y otra vez repetías la misma canción, sin principio ni final, *Sad is the night, dark is the moon, et c'est fini...*, qué era eso, sólo unos golpes con un dedo a cuatro teclas mientras encendías otro cigarrillo, qué era eso, a ver...

—*Eso* se llama Elisa —te explicó el pianista que reemplazó a Roberto, en el Calavados.

Eran amigos, sí, y si tú le tenías afecto, Roberto debía cuidarse un poco, siquiera. Y la sabía y te la dio, maldita la hora, bendita la hora, la dirección de aquel antro en la rue d'Aboukir, prostitución y eso. *Nos volvimos a encontrar, al fin y al cabo*, y el sitio te lo dijo todo, para qué iba a agregar yo nada, ni lo de la tuberculosis, siquiera, que era la última novedad y que, ahora sí, me daba derecho a soñar, para qué diablos te volvías a cruzar en mi camino, en todo caso...

—Eres tan linda, Françoise, que si tú no te despegas de mí, yo tampoco.

—Te he llamado, te he buscado tanto y tanto, Roberto... Un amigo tuyo... Te he encontrado de pura suerte, mi...

—Tocar aquí es un poco como tocar en el bar de Rick, en *Casablanca* —te dije, porque aquel local infame no dejaba de impresionarte, de oprimirte, de darte pena, pena por mí. Y te dije eso de Rick, sólo para poder agregar, inmediatamente y sonriendo, claro está—: Pero siempre nos queda París, Françoise.

La alegría que te dio, te agachaste para besarme mientras yo terminaba de tocar sabe Dios qué, sentado ahí ante ese piano, entre el humo, y alguien golpeaba una mesa suavemente porque mi turno había terminado y seguro le daba flojera usar ambas manos para aplaudir, así serían de ahora en adelante los piano bares en que me ganaría la vida. Pero tú te sonreíste y me volviste a besar, y por eso nunca sabré qué melodía terminé de tocar cuando me incorporé y te dije vamos, Françoise, porque acababa de decidir que siempre nos quedaría París, al menos por unas semanas, con suerte por unos meses, hasta que te dieras muy bien cuenta de que yo ya...

Y esto es el que yo he llamado siempre el cielo de Enghien *et c'est fini*. Yo siempre quería quedarme encerrado en tu casa, simplemente encerrado contigo, con tus padres, con tu hermano Jacques. No bebía, no fumaba, me aferraba a tu casa como si aquello me fuera a quitar para siempre la tos. Pero tú, en cambio, soñabas con quedarte siempre en París, con venirte corriendo a mi departamento de la rue Saint Séverin, no bien terminabas con tus clases en la facultad. Tú y la noche ganaron, por supuesto, y el cielo se trasladó de Enghien a París, a la Closerie des Lilas y al Calavados, noche tras noche, porque los pianistas eran mis amigos y me dejaban firmar y cuando entrábamos, ¿te acuerdas?, nos recibían siempre con *Deep in a dream of you*, sabe Dios por qué, tan linda la coincidencia, en todo caso para qué preguntarse más...

Pasábamos más noches en mi departamento que en tu casa de Enghien y faltabas a clases y nos despertábamos para un desayuno-almuerzo y después salíamos a vagabundear por París y yo había vuelto a fumar y a beber, aunque no en tus sueños, me di cuenta perfectamente, porque a mí me pasaba exactamente lo mismo con Pierre, aquel abrumador ejemplo de mente sana en cuerpo sano que te seguía, que te perseguía, que te convenía, aquel noble y generoso muchacho que poseía una casa en las islas Seychelles y que en un par de años más se convertiría en un joven y ambicioso diplomático francés. Tú le huías a Pierre, pero cuando él se humillaba y te buscaba en mi departamento, cuando por sus tímidos golpecitos en la puerta sabíamos que sólo podía ser él, yo no te hacía caso, Françoise, yo iba y le abría, yo lo hacía pasar y le invitaba una copa...

... Juntos una noche... Íbamos caminando los tres juntos por la rue Champollion y en un cine de esos de arte y ensayo daban una película llamada *Elisa, vida mía*... Eso bastó, parece ser...

—Ni siquiera me dirigiste la palabra, aquella noche, Roberto. Enterrabas la mirada en tu vaso de whisky y ni siquiera me respondías cuando te hablaba. Para mí ya no quedaba París alguno y pensé que la única manera de que te dieras cuenta y reaccionaras era desaparecer...

—¿Te fuiste con Pierre?

—A las islas Seychelles, sí. Pero en mi casa dejé dicho dónde me había ido y cuándo regresaba, para que te informaran. Y hasta dejé dicho que me enviaran un telegrama, para regresar volando, si me llamabas. Nunca llamaste.

Nunca llamé, es verdad. Pagué deudas vendiendo una casa que había heredado en el Perú y me sobró dinero para partir a Niza, para instalarme y dejar de beber y fumar, para volver a estudiar seriamente, para sanar y nunca volver a un piano bar. Poquísimas cosas me llevé de París, y en el pequeño departamento en el que he vivido hasta hoy ya no entró Elisa. Siempre hubo, en cambio, sobre el piano, una foto de familia que nunca he dejado de mirar. En ella estamos André y Christiane, Françoise, Jacques y yo. Somos pura sonrisa, sonrisa de alegría, de estamos todos muy muy bien, muchísimas gracias, sonrisa de verdad, en el jardín delantero de la casa de Enghien. A la derecha está la foto eterna que le tomé yo a Françoise. Lleva un gran sombrero de paja, casi una pamela, de alas muy grandes y algo caídas y una cinta y una flor. Y sus ojos son de ese color verde único con su incomparable gotita de gris. Y también el traje es de un color beige muy claro y muy florido en azul y verde, por más que la fotografía es en blanco y negro. Me encanta haber tomado yo esta instantánea porque es Françoise eternamente y porque el día en que supe que la había amado siempre, que la había adorado, yo llamé a esa foto y Françoise y yo nos alegramos tanto que ella salió disparada de las islas Seychelles para asistir a mi primer concierto en la sala Pleyel, ahora que nos volvía a quedar París...

Y como no la quise llevar a un hotel, aquel año nuevo, y como me alojé en la rue Saint Séverin, en el mismo departamento que doce años atrás le dejé a unos amigos que se han ido a recibir el año en casa de otros amigos, aquí estoy esperando a Françoise, como entonces, como si nada, con el viejo terno de corduroy negro que nunca más usé, gracias a Dios, porque se conserva bastante bien aunque me queda algo más ancho que entonces, siempre por lo de la tos, claro, con la misma corbata, y con la impecable camisa que me han prestado. Y qué bueno que nunca vendiera el antiguo y anticuado reloj de leontina que tanto le gustó siempre a Françoise. En realidad, no venderlo ha sido mi manera de quererla, de serle fiel. Y los discos que tantas veces escuchamos juntos también los he traído. Todo está listo, todo está perfecto, menos ese conejillo de indias que pasa y pasa y que me observa, y que me está vigilando, ¿por qué se llama Anselmo?, ¿por qué los dueños de casa no me han avisado que puedo morirme como una rata?

—Ahora te he llamado, Françoise...

—Ahora es doce años después, Roberto...

—¿Y...?

—Te amo, Roberto. Como siempre, como toda la vida, como en la foto en blanco y negro en que mis ojos son de este color verde verde con su gotita única de gris y la sonrisa que me produce eternamente la alegría de estarte viendo.

—Eres tan linda, Françoise, que si tú no te despegas de mí, yo tampoco.

Niza, 3 de enero de 1987

Sra. Françoise Delay
Consulado de Francia en Roma
Italia

Estimada señora,

cumplo con el penoso deber de informarle que el Sr. Roberto de la Torre falleció ayer, en el

Hospital General de Niza, donde llegó ya muy grave, hace una semana, por su propia voluntad. Quiero decir que, durante los años en que vivió en esta ciudad —doce, en total—, el Sr. de la Torre no consultó nunca con un médico, aunque desde la época en que vivió en París se le había diagnosticado un enfisema pulmonar y tuberculosis, según manifestó él mismo, al ser ingresado.

Trabajó hasta hace dos años en un piano bar situado a pocas cuadras de este hospital, donde no recibió visita alguna. Y, en vista de que su familia reside en el Perú, se ha procedido ya a avisar al consulado de ese país en Marsella, por ser el más cercano a esta localidad.

Han sido sus padres, estimada señora, los que han tenido a bien facilitarme su dirección en Roma, cuando les informé que llamaba por encargo del Sr. de la Torre, para transmitirle el siguiente mensaje. O, más bien, para hacerle saber que, en sus pocos momentos de total lucidez, el Sr. de la Torre me rogó que le repitiera las siguientes palabras, a las que se refirió en todo momento como «sus últimas». Son éstas, textualmente, pues he tomado debida nota: «Muero muy feliz, gracias a ti, como siempre, mi tan querida Françoise. Tú me entiendes, estoy seguro. Sueño y sueño contigo y ni las más altas temperaturas me impiden morir feliz a tu lado, como siempre, ya te lo digo, en Enghien, en la Closerie des Lilas, en el Calavados, y en mi departamento de la rue Saint Séverin, una vez más, este año nuevo».

Tal vez deba agregar, estimada señora, que el Sr. Roberto de la Torre sonreía en el momento en que entró en un brevísimo coma y que entonces mencionó muy afectuosamente a su esposo, que el Sr. de la Torre sonrió asimismo al mencionar un viaje a las islas Seychelles que «estaba a punto de hacer», y que apenas balbuceó algo acerca de un conejillo de indias llamado Anselmo, que, tengo la absoluta seguridad de haberle oído decir—: «*Deep in a dream of you*, molesta, Françoise».

Quedo a su entera disposición, y la saludo muy atentamente.

Doctor Jean François Devin
Hospital General
Niza

La muerte más bella del 68

Para Alfonso Flaquer, fraternalmente

Me imagino que me gustaría contar esta historia de una forma determinada. Pero, en realidad, mi situación en aquellos años pecaba precisamente de todo lo contrario: pecaba de indeterminación. En Francia, entonces, se militaba mucho, siempre, eso sí, hacia la izquierda. Yo, que en ese sentido no tenía ningún problema, porque desde niño supe que mi corazón lo tenía a la izquierda, creía pues que tenía las cosas muy claras.

Pero no, señores. Resulta que el cine norteamericano, por provenir del imperialismo yanqui, era todo de derechas. Asunto grave para mí, porque en mi país de proveniencia, o sea en el Perú, casi todito el cine que llegaba venía de los Estados Unidos con alienación, neocolonialismo y destino manifiesto. Había, por supuesto, el cine San Martín, donde uno tenía que soplarse el Nodo y no entender nada sobre cómo y por qué Franco había inaugurado algún pantano, en algún lugar que a lo mejor no quedaba muy lejos de donde había nacido

Luis Buñuel, que además vivía en México y era director de la película que uno iba a ver enseguida con el título de *La vida criminal de Archibaldo de la Cruz*, o *Muerte en este jardín*.

Pero resulta que en esas películas no salían ni John Wayne, ni Frank Sinatra, cuando era flaco, ni Dean Martin, cuando no quería ir a la guerra con Marlon Brando, en *Los jóvenes leones*. En fin, que lo único que uno había visto al salir del cine era a Franco inaugurando un pantano, en el cine San Martín, de la distribuidora de don Eduardo Ibarra.

También había los cines franceses, que se llamaban Le Paris y Biarritz, pero ahí tampoco salían ni John Wayne ni Dean Martin ni Humphrey Bogart, ni siquiera el inmortal Indio Bedoya, mexicano oficial de Hollywood, cuya frase favorita era: *Pancho, bring mi pronto mai pistolas, that ai go to kill di general Gómez*. Ahí, en esos cines, en el Biarritz y en el Le Paris, salían las pecaminosas Mylène Demengeot y Brigitte Bardot, con la recomendación muy seria puesta en los periódicos: «Para adultos, no recomendable para señoritas».

Yo me seguía acordando de John Wayne, Richard Widmark, Dean Martin y Jane Mansfield, que además murió decapitada en la vida real. Y también, por supuesto, me acordaba de una cosa. Me acordaba de mi gran Richard Widmark, porque tenía mi tesoro privado cinematográfico, que era esa película suya llamada *El Rata*, en que cuando besaba a su novia en un muelle, y mientras la besaba (ella se llamaba Jean Peters), le robaba la cartera.

Bueno, después me vine a Europa, donde era pecaminoso para la izquierda seguir viendo a esos actores maravillosos. Entonces, ya en 1964, recién llegadito a todo, o sea a Europa y a la izquierda, que no era la de mi corazón, me escapé al cine. Vi que anunciaban una en que trabajaban Dean Martin, Kim Novak y Felicia Farr, que en la vida real estaba casada con Jack Lemmon. Entonces me metí a ese cine. La película se llamaba *Bésame, idiota*, y era dirigida por Billy Wilder, y me divertí como un ser independiente. Me reí a carcajadas con la canción aquella llamada *Sofía* y con la noche entera en que Dean Martin trata de seducir a la mariposota nocturna de Kim Novak, que hace de falsa esposa y dueña de casa, mientras Felicia Farr, esposa verdadera en la vida real, hace de puta, y mientras el monstruo de celos de su marido, compositor musical pueblerino y frustrado, trata de seducir a Dean Martin, que hace de Dean Martin también en la película, poniéndole de tremendo cebo a una puta llamada Kim Novak para lograr que éste se crea que ha seducido a una virtuosa ama de casa y cante gracias a ello una canción llamada *Sofía*, compuesta

179

por el patético marido, claro está, y el asunto termine todo con final feliz aunque también con Kim Novak nostalgiquísima de su noche de falsa esposa súper fiel, y pobre pero honrada, y Felicia Farr de lo más contenta y satisfecha con su noche de puta falsa.

Después, lógicamente, salí a la calle e intenté buscar a algún amigo que, como yo, hubiese visto *Bésame, idiota*. Me expulsaron de todas las casas de todos los peruanos que había en París. Y me sentí solo en la calle y anduve repartiendo besos volados, de François Truffaut, como un idiota, y nadie me los recibió ni a la volada. Tomé un taxi, yo que entonces no tenía ni para metro (ya ni hablar de la Metro Goldwyn Mayer) y le pedí que me llevara hasta Montmartre. El taxista, que era gruñón, o sea parisino, me preguntó que para qué quería ir tan lejos, y yo le expliqué que era un asunto de besos de Dean Martin, Kim Novak y de Felicia Farr, con lo cual comprenderán, ustedes señores, que el tipo me dijo:

—Mire, si lo que usted desea es ir a Hollywood, tome un avión o un barco, pero esto es un taxi.

Me dejó, como se suele decir, en la misma calle, quiero decir en la misma calle en que lo tomé. Y recuerdo con todo el cariño del mundo mi larga caminata, mi travesía del distrito 17, mi cruce del bulevar Pigalle y mi encuentro final con el funicular que llevaba a Montmartre. Ahí intenté repartir un par de besos, idiotas, y lo único que recuerdo es que alguien me dijo:

—Ha llegado usted al punto más alto de París, hablando de una película que aquí nadie conoce y ahora baje, sí, señor, empiece a bajar y váyase al mismísimo infierno.

Todo eso sucedió en 1964, o a lo mejor fue el 65. Después decidí olvidarme de aquella vivencia, olvidarme del Perú, del cine que había visto, y sobre todo de Richard Widmark, mientras en *El Rata* le daba a su novia, Jean Peters, besos robados porque le estaba robando la cartera.

La verdad es que Neruda dice que es bien largo el olvido, pero mi opinión personal es que es bien largo el recuerdo. Ya después me volví un hombre serio. Nunca más volví a ver una película norteamericana, e incluso recuerdo haberme entretenido mucho viendo películas italianas, españolas, francesas. Me acuerdo, además, que fui afortunado, que una vez en la cinemateca se sentó a mi lado Elsa Martinelli, y que ella y yo, a la salida, nos pusimos de acuerdo en que ella era muchísimo más bonita en la vida real que en la pantalla. Y me acuerdo que le conté que en aquella película

181

llamada *Un amor en Roma*, yo nunca entendí por qué diablos a ella la plantó aquel actor desconocido por una ninfómana francesa que valía muy mucho menos que ella. Eso le hizo mucha gracia a Elsa, y así nos despedimos, sonriendo. Y me acuerdo también que una vez en los Campos Elíseos me crucé con Elke Sommer, que era más bien chatita e iba acompañada, de tiendas, por su esposo John Hyams, un fotógrafo al cual ella le fue siempre fiel y que le tomaba fotos desnuda que después él mismo vendía a *Playboy*. Y después me acuerdo que, en Menorca, perdimos un avión juntos una actriz muy bonita, que trabajaba en *El conformista*, de Bertolucci. Estaba con su hijita y reservó un hotel. Yo me fui a un bar y después ella entró a comer en ese bar y me preguntó que por qué no había reservado un hotel. Yo le expliqué que era por un asunto de dinero y dialogamos mucho en torno a ese problema. Del nombre de esa bella actriz no me acuerdo y no vayan a creer ustedes que yo soy Agatha Christie y que va a aparecer en el desenlace de este cuento. No, si lo supiera, si lo recordara, se los diría ahora mismo.

Bueno, pero este recuerdo es de 1976, en Menorca, y entonces ya había pasado lo que sí les quería contar, que es lo siguiente. Ustedes se acuerdan de que en 1964 o 1965 fui a ver esa película que no pude comentar con nadie y que se llamaba *Bésame, idiota*. Pues en 1968, cuando ya yo era un señor establecido (o así me lo imaginaba, con autoengaño) y sin recuerdos, pero con pesadillas, estalló una revolución en París, un fenómeno social que es conocido como Mayo del 68, y del cual se ha escrito mucho y no se ha dicho nunca nada, salvo una cosa que la dijo Alain Touraine, que es ésta: *Mayo del 68 no tiene mañana, pero sí tiene un futuro*. En esa revolución, donde el partido comunista sí sacó algunos acuerdos salariales, llamados de Grenelle, y después dejó a los estudiantes solos, la gritería era inmensa. Tanto es así, que al final los estudiantes no tomaron la Bolsa de París sino el teatro Odeón, para seguir desahogándose a gritos de una Francia aburrida.

En plena revolución, donde no hubo ni un solo muerto de verdad, salvo algún muchacho que se ahogó tratando de tirarse al río, creo, yo andaba caminando por una calle del barrio judío de París, llamada Saint Paul, y la muchedumbre gritaba furibunda contra una película de Don Siegel, llamada *Madigan*, pero que en francés la habían traducido como *Police sur la ville*, o sea *Policía sobre la ciudad*, y con tremendo letrerazo casual y circunstancial, pero que ahí en plena calle y mayo caliente resultaba bastante provocador, la verdad, aunque se tratara sólo de una total coincidencia. Actor: Richard Widmark. Prohibido verla, según gritaban en la misma revolución cuyo máximo, más bello e inolvidable eslogan era: PROHIBIDO PROHIBIR.

Presa de mil contradicciones, me fui a mi casa, atravesando la revolución. Tumbéme en la cama, y recordé al Rata: era Richard Widmark, y era el actor de la película esa *Madigan*, que después fue una famosa serie de televisión, pero sin él como actor. Porque les cuento, señores, que, aunque he visto su foto, viejo y calvo, de visita en alguna tasca madrileña, él fue la muerte más bella de Mayo del 68. Por eso les cuento que, a la mañana siguiente de haberme ido a mi casa, presa de mil contradicciones, desperté. No había taxis, ni metros, sólo estudiantes revolucionando por las calles, y yo, que, modestia aparte, sigo siendo un estudiante de la vida, caminé tranquilamente hasta la calle Saint Paul, hasta el mismo cine Saint Paul, y ya, por supuesto, habían quemado el letrero aquel de *Policía sobre la ciudad*, pero seguían dando la película *Madigan*.

Ya no había ni vendedora de entradas para ir a ver esa película. Y yo, que por aquella época usaba una boina vasca (no sé por qué), me la quité, respetuoso. Entré, me senté en la última fila del cine a ver la película y allí estaba Richard, El Rata, pero ahora era un viejo policía vestido de civil. Se le había caído mucho pelo, pero todavía conservaba esa sonrisa que parecía que alguien estaba haciendo gárgaras, esa sonrisa con la cual incluso sedujo a Marilyn Monroe, en una de sus primeras películas, debutante. Él, Richard Widmark, que en la vida real no era más que un granjero de Missouri. Él, a quien le gustaba salir en las fotos detrás de la verja de su granja con unos jeans azules y una camisa a cuadros azul y blanca.

Cuando vi que lo hirieron, vestido de policía de civil, me pasé a la fila de adelante. Cuando vi que sus compañeros policías lo venían a auxiliar, me pasé a la fila de más adelantito. Cuando vi que llegaba una ambulancia, ya me corrí como cuatro filas más para adelante. Cuando vi que el último viaje era en esa ambulancia y que Richard Widmark se estaba muriendo, como lo que era, un actorazo, corrí en la platea hasta la primera fila para estar lo más cerca posible de aquella ambulancia, porque quería oír muy bien lo que les iba diciendo a sus colegas que trataban de inspeccionar unos balazos que le habían metido en la barriga.

Esa escena, les juro, era de una belleza, de una ternura, porque el hombre entendió, y lo dijo ya en palabras que justificaban su conducta en la vida, que le avisaran a su esposa, para que ella después se las agenciara y viera cómo les avisaba a sus hijos, que ya no voy, que no volveré a cenar esta noche, porque la verdad es que el hombre sabía que ya no iba a llegar ni siquiera al hospital.

Después, ustedes comprenderán, señores, salir del cine, comprobar que llegó julio, comprobar que llegó agosto, comprobar que la revolución, en el otoño siguiente, se había acabado sin muertos, y que he tenido que esperar todo este tiempo para contarles que sí hubo una muerte muy bella. Y que como ya la he contado en líneas más arriba, lo único que me queda es decirles:

—Besen, idiotas. Besen a la muerte más bella del 68, señoras y señores.

Debbie Lágrimas, *Madame* Salomon y la ingratitud del alemán

A Lidia Blanco, Anne Husson
y Fernando Carvallo, por tantas cosas buenas

I

—Hoy no me ha comido usted nada, *monsieur Oyedá*...

—Mañana, mañana... Perdón, *mademoiselle* Tiennot, quise decir *demain*...

—Pero yo lo que quiero es que se alimente usted como es debido, *monsieur Oyedá*...

—Mañana... Perdón, *demain*...

—Sí, sí, *demain*... Usted siempre *mañaná, mañaná, mañaná, monsieur Oyedá*... Bueno, *à demain*... *Demain* veremos qué tal me come usted...

—Hasta mañana, *oui*...

—¿Quiere que le apague ya la luz?

—Da lo mismo, *mademoiselle* Tiennot, da lo mismo...

—*Mañaná, mañaná, mañaná*... Usted siempre *mañaná, mañaná*, y *da lo mismó*...

... Ah, la *mademoiselle* Tiennot... Mala no es... No, para nada es mala... Es su trabajo que uno coma esa horrible papilla, al fin y al cabo... Aunque si tomara más en cuenta que no sólo de pan vive el hombre, sobre todo a esta edad llamada tercera, y que es la cuarta, en realidad, en mi caso tan desdentado y longevo... Porque más acabados que yo sí que los hay, aquí, pero ninguno tan anciano en esta Residencia blanca blanca como el más allá... Blanco y más blanco: el más allá... Porque a punta de tenerlo tan cerquita, desde que me trajeron aquí, hace siglos, yo sé que el más allá es blanco, el *au delà*, que se dice en francés, es blanco blanquísimo... Y también en alemán el *au delà* es blanco blanquísimo, aunque ya yo no sepa cómo se dice el más allá en alemán... Dios mío, tanto estudio, tantos años, tanto esfuerzo... Dios mío, qué idioma más ingrato el alemán... Dejas de practicarlo un ratito y ya te lo olvidaste... Ya te olvidaste de tu alemán de mil años... De tus mejores años... Yo te ruego, Dios mío... En tu infinita misericordia, yo te...

... Por eso me da lo mismo que *mademoiselle* Tiennot apague o no la luz. Porque de noche y de día todo es blanco como la eternidad y mis cuatro canas, aquí. Blancas son las paredes, blancas las camas, las sábanas, las toallas, la vajilla, los camisones de los viejos son blancos y los mismos viejos se vuelven reblancos, de tan verdes y cuarta edad, sí, cuarta edad, más bien, entonces es cuando pasan del verde al blanco, o sea que mi caso ya cómo se llamará, con mis ciento doce años. Esto yo lo supe desde el día en que llegué con mis cuatro pertenencias. Supe que al entrar en este asilo, como les llamaban a las residencias del terciario, antaño, que se dice *jadis* y *autrefois*, en francés, pero claro, mira: tampoco me acuerdo cómo le llaman a antaño y *autrefois* y *jadis* en alemán, y tanta ingratitud de este idioma sí que me resulta insoportable... Supe que al entrar en esta residencia de la tercera y cuarta edades, *le troisième age*, *dritte*, ¿*dritte Alter*, se dice edad antaña en el idioma ingrato...? Supe...

... Sí, supe... Idioma de los tiempos más bellos, únicos... Idioma con Debbie Lágrimas y la señora Salomon, *Madame*, mejor dicho... Supe, pero ya no en alemán, que al entrar aquí había llegado a la antesala de la eternidad... Asilo: residencia blanca: ancianos blancos: menos yo, yo sólo mis cuatro canas: claras de huevo blancas, papillas blancas, yogures blancos y descremados, en las comidas: preparación blanca para la eternidad... Su antesala... *De aquí a la eternidad* se llamó, creo, una película en la que no actuaban ni Debbie Lágrimas ni la señora Salomon, *Madame*, mejor dicho...

... Da lo mismo que apaguen la luz de noche y la enciendan de día, o al revés, porque yo soy peruano y negro y quise además ser francés y feliz sin renunciar a lo primero ni a lo segundo, que a mucha honra ambas cosas, y yo sólo quise agregarle un además francés y feliz a lo mucho que esperaba de mi llegada a París, a mediados del siglo XX. La curiosidad y cierta educación me trajeron a la Ciudad luz: mi primaria, mi secundaria y dos años de Letras, en San Marcos, de Lima, todo eso lo tenía ya cuando llegué a París y quise ir a más con estudios en Francia. Y lo logré, aunque digamos que a medias, pero me gradué y hasta me volví a graduar, esto sí, porque quise ir más a más, o sea ser profesor francés y aún más feliz, si cabe. Y también lo logré. Con las más grandes dificultades económicas, pero lo logré. Pasé todos los concursos necesarios para ser profesor en Francia y lo logré y todavía quise ir más y más, a más, y entonces fue cuando, con enormes dificultades económicas, me metí en lo del alemán, idioma ingrato como el que más...

... Pero tenía tanta ilusión y tanto porvenir, por aquellos años, como hoy tengo pasado, sólo un inmenso pasado y la eternidad delante y tan blanca. Y a veces tengo la impresión de que ya ni siquiera ese inconmensurable pasado me queda, porque con Debbie Lágrimas hablaba bastante en alemán, practicando, y practicando también hablé casi siempre en alemán con la señora Salomon, *Madame*, mejor dicho, y no Salomón acentuado sino Salomon francés, preocupantemente francés para un desembarcado en la vieja y diabla Europa, como yo, con sólo su visión peruana del mundo y eso, preocupantemente francés y como indiferente a pesar de lo bíblico y lo judío, que esto no hubo manera de que se le notara a la señora Salomon, *Madame*, mejor dicho, ni en el Instituto Goethe de París ni en el de Grafrath am Ammeersee, aquel pueblito casi silvestre desparramado en un campo verde y grande y bien Alemania profunda, bien Bavaria. No hubo manera de notárselo, no, ni siquiera cuando, por ejemplo, pasábamos por la estación del tren, mira: una palabra que me acuerdo: *Bahnhof*, aunque si es ingratamente masculina, femenina o neutra, ya ni idea, en fin, ni siquiera cuando pasábamos por la estación *Bahnhof* y en algunos postes de alumbrado siempre habían pegado propaganda del NPD, el partido neonazi. ¿Tanto podían la belleza total, el dinero total, la indiferencia total y la elegancia sencilla al máximo y total de la señora Salomon, *Madame*, mejor dicho...?

—Hoy no me ha comido usted nada, *monsieur* Salomon...

—Da lo mismo, *mademoiselle* Tiennot...

—¿Le apago la luz, Debbie Lágrimas?

—Mañana, mañana...

—Usted siempre *mañaná, mañaná*, y *da lo mismó*... ¿No se le ocurre nada mejor?

—Pronto no dará lo mismo, allá en el más allá, cuando Dios, en su infinita misericordia... Esta noche, tal vez...

—A ver si se deja de tanto *au delà* y empieza a comerme un poquito mejor, *monsieur* Salomon...

... *Madame*, mejor dicho... *Madame*... Ah, *Madame*... Deliciosa vida e incomparable, inolvidable, inalcanzable *Madame*... Uno metro y más metro y pata y más pata, en cada largo cambio de línea, hasta el Instituto Goethe, avenue d'Iena, pero ¡ah!, ¡valía tanto la pena! Las tardes, sobre todo, en que coincidía mi llegada con el momento en que el Morgan verde con capota caqui de la señora *Madame* encontraba milagrosamente siempre exacto su mismo sitio, justito al frente del instituto. A Ella, a su serenidad, a su majestad al caminar, las cosas de este mundo siempre le encajaron cada una en su lugar y nunca nada debió salirle mal en esta vida, ni

192

siquiera el paso a la otra, a la blanca eternidad...
Porque en esas etapas del acontecer humano en que
la edad aún cuenta, *Madame* era bastante mayor
que yo, unos perfectos treinta y ocho de gran dama
de nacimiento, de hermosísima *Madame*, ya que
con semejante perfección encajar los cuarenta años
hubiera sido como tener algún defecto una persona
tan eternamente inmutable como Ella... Y ya tiene
que haber muerto, incluso el siglo pasado, porque
no le iba nada eso de empezar siquiera a marchitar-
se, sí, ya tuvo que morirse hace muchísimos años, y
sonriente y sin sufrir lo que se dice nadita y llena de
flores, *fleurs*, ¿*Blumen*...? Ella... ella tiene que haber
muerto por el año cinco, o el diez, máximo, sí, porque me llevaba larguitos los diez años y si a mi edad
le sumaran hoy una década y sus diítas, resulta que
ya sería la persona más vieja del mundo, según me
enteré por la televisión, que apenas veo y apenas
oigo, me la cuentan, más bien. O sea que *Madame*
murió hace mucho mucho rato, porque nada le
gustaba menos que llamar la atención con cosas
como una noticia en el periódico o en la televisión:
«La persona más vieja del mundo se llama Henriet-
te Salomon y vive en París». Imposible...

... Imposible incluso por la forma en que
nada en Ella atisbó siquiera que fuera a pasar los
treinta y ocho años, y eso que nosotros estudiamos

juntos en París y en Grafrath, cinco años seguidos, y, mientras pude, mientras me dejaron, yo siempre sentadito y de reojo en la fila de al lado, pasillo de la clase por medio y sólo un asiento más atrás, o sea cerquita, muy muy cerquita, yo diría que de reojo hasta de su fragancia, como buen negro peruano tan loco e iluso de vieja Europa y Ciudad luz que hasta quiere aprender un perfumado alemán... Ella me bañaba a mí de todo esto, tres veces por semana, lunes, miércoles y viernes, de dos y treinta a cuatro en punto de la tarde. Y en la misma clase o no, fueron en total cinco años seguidos de treinta y ocho años sin el más mínimo atisbo de treinta y nueve ni de una sola horita más, qué va, treinta y ocho perfectos años, como quien dice *per vitam aeternam*, y a los que incluso habría que sumarle el curso intensivo en Grafrath am Ammeersee, aquellos interminables meses del verano de ¿195..., 196...?, mañana y tarde en clases y los fines de semana de baño en el lago Ammeer, alguna que otra vez, y aquella vez...

... Julio y agosto de ¿195..., 196...? Caray, me está fallando la memoria de mi único recuerdo europeo, el inconmensurable, sí, mi último y único recuerdo, casi. Y después dicen que tengo un memorión, considerando mi edad sumamente longeva, casi mundial...

... Discreta y elegantemente vestida, nada en Ella fue ísimo nunca, porque tal cosa no iba con su ser inalcanzable y su estar que me perturbaba y me ilusionaba en europeo, en elegante, en francés, bueno, yo me entiendo... Ella tiene que haber muerto ya hace, uuufff, muchos muchos almanaques, hermosa como nunca, siempre, y sin dolor, radiante *ma non troppo*, nada en exceso, todo semejante a Ella misma, a su entrañable discreción, o sea un morir sereno y sin un entierro entre una exageración de coronas de flores rendidas ante su belleza sonriente y lejana, educada y atravesando siempre avenidas muy transitadas, como Iena, justo en el momento en que por ahí no pasaba automóvil alguno. Caray, las coronas se las hubiera puesto yo una tras otra, pero en vida, cada vez que la vi, toda una coronación... Pero tampoco nada en exceso *con* Ella, ni en vida ni en muerte, o sea que nunca le regalé ni una solitaria rosa, ni siquiera la noche en que nos recibió a Debbie Lágrimas y a mí a comer: su sencillez silenciosa, jamás desdeñosa, sonriente *ma mai troppo*, jamás me lo hubiera permitido... Ella murió hace mucho rato entre ramos de flores, nunca coronas, y ahora adorna la eternidad y Dios le sonríe, lo sé, pues éstos son los privilegios que les otorga el Señor a los que como yo, ya hemos vivido récord nacional, cuando menos, y siempre en religión, casi: atisbos de después de la muerte, de sus praderas blancas, nada más que blancas y praderas para siempre eternamente...

... Guillermo Ojeda salía de mi cuartito techero con mis libros y mis cuadernos de alemán, primero, segundo, tercer año, el curso intensivo en Grafrath... Ahí creo que empezó mi distanciamiento, ¿mi desgracia...? Lo que quieras, pero entonces yo bajaba rápido y ágil de mi cuartito techero siempre con la ilusión esa de ir a más a la parisina, aunque sin renegar de mi Perú negro y costeño, ni tampoco de ningún Perú de mis amores y fútbol nacional, de comida criolla y el Señor Cristo Moreno, «Señor de los Milagros y Patrón de la Ciudad», que decía un vals, *Lima de octubre:* «Octubre memorable que se engalana Lima...», más la familia de uno, claro, y la fe de sus mayores, de su crianza, igual que la fe hasta hoy, católico de pro, católico como Unaqué, ¿Unamú, Unamó?, no, no me acuerdo cómo se llamaba ese pensador de España que se dijo «Feo, católico y sentimental», ese que me servía para alternar sonrientemente en la Facultad, presentándome como Guillermo Ojeda, «Muy feo, retinto, como podrán ver, muy católico, y muy sumamente sentimental»... Carimba, ya uno no se acuerda casi de nada, sólo de ese país llamado Perú, de Ella, y de Debbie Lágrimas...

... Mono es lo que uno parece, caray: siempre yéndose por las ramas... Mira, de tus libros de texto sí que te acuerdas y creo que a la perfección, esta noche: *Grundstufe Eins, Zwei, Mittelstufe, Wie sag ich's auf Deutsch?, ABC der Starken Verben, Der Gebrauch der Deutschen Präpositionen, Oberstufe...* Otro gallo cantaría si me acordara también del contenido de todos esos libros, de tantos ejercicios, *¿Übungen?*, de tantísimo examen parcial, semestral y final como aprobé, y hasta con sobresaliente, el año de la beca para Alemania, mi dicha, al enterarme, la exclamación gozosa de Debbie Lágrimas, al enterarse, la serena sonrisa con que la señora Salomon, *Madame*, mejor dicho, se dio por enterada, me acuerdo clarito de esto, o es que aún lo siento: a mí me pareció poco justo, digamos, lo de una beca para una multimillonaria. Pero, claro, los alemanes no se andan con tonterías, ellos lo premian a uno por su esfuerzo y por el resultado de ese esfuerzo, lo de la cuenta bancaria y el Morgan de *Madame* les importaba un comino, Ella había sobresalido y punto y yo salía presuroso y feliz de mi cuartito techero con los libros con que estudié ese idioma tan ingrato... Yo te ruego, Dios mío, en tu infinita misericordia yo te ruego que...

—Hoy sí que no me ha comido usted nada, *monsieur Oyedá*...

—Mañana, mañana...

—¿Quiere que le apague la luz?

—No, *mademoiselle* Tiennot, ¿sabe...?

—Ya va siendo hora de apagar todas las luces, *monsieur*...

—Yo creo que hubo una película llamada *Luz en las tinieblas*... Debí verla a mediados del siglo pasado, en Lima...

—Vaya con su memorión, *monsieur Oyedá*...

—Da lo mismo buena o mala memoria, *mademoiselle*, cuando el alemán es tan ingrato...

—Le apago ya. Y a ver si se deja de tanto alemán y *mañaná*, *mañaná* y *da lo mismó*, y en el desayuno me come siquiera algo...

—*Luz en las tinieblas* se llamaba, sí. Justo me acuerdo del título exacto ahora que usted ha apagado y se ha ido... Era un negro y una chica llamada Debbie... No, qué digo: era un ciego, después de la segunda guerra mundial, y una actriz bien bonita llamada Peggy, segurito, pero Peggy qué...

... Debbie Lágrimas me probó —me hizo sentir y creer, más bien— que la crueldad y el horror de este mundo tampoco concirnieron para nada, nunca, al ser y al estar agradable y sereno de la señora Salomon, *Madame*, mejor dicho, y yo bajaba corriendo de mi cuartito techero, anudándome la veintiúnica corbata avanzaba por la rue Geoffroy Saint Hilaire, después Linné, e ingresaba veloz a mi metro Jussieu, se me hacía eterno el cambio en Chatelet, dirección Neuilly, pero mucho más eterno me resultaba el cambio en Franklin Roosevelt, dirección Pont de Sèvres, negro jadeante pasa por estación metro Alma Marceau, me burlaba de mí mismo, negro moribundo sube escaleras estación Iena y desemboca en calle del mismo nombre con rumbo Instituto Goethe de París...

... Cuántas veces, sonriente, feliz, no me habré repetido estas mismas palabras. Y es que entonces creía que estaba yendo más y más, a más, cuando en realidad aquí me trajeron hace ya veinte años y sabiendo hace siglos que yo entonces no iba nada más que a estar de reojo con *Madame*, mi cumplido sueño calmo, cosas que empiezan y acaban de la vida, de esta vida, no de la otra, Señor misericordioso, apiádate de tu negro y dale más de lo mismo, esto solito te imploro, y al mismo tiempo no iba más que a estar cara alegre a cara triste con Debbie Lágrimas, mi sueño incumplido de ritmo agitado y triste... *Madame* es Ella y Debbie una muchacha de Boston, sí, pero sólo de un suburbio pobretón...,

¿*Ella* y *ella*? No, jamás fue así. En todo caso, *Madame* fue, es *Elle*, y Debbie, *She*, y sus Lágrimas, *Tears*, *Tears* con mayúscula para mí...

    ... Yo llegando al instituto y *Madame* llegando para mi felicidad, como si sólo para mí encontrara siempre el mismo sitio para estacionar el Morgan, justito a tiempo para que yo, que venía avanzando por Iena, la viera como en el cine, pantalla panorámica y tecnicolor se llamaban esas cosas a mediados del siglo pasado... Y ahora está bajando sin el menor esfuerzo y nunca hay carros en la transitada avenida cuando a Ella le toca cruzar la calle y me ve y le sonríe a mi puntualidad llena de libros y cuadernos en el idioma de Goethe y Thomas Mann, la piel tostada como si eternamente llegara de una estación de esquí, las blusas siempre color marfil, las chompas beige siempre de cachemir, las faldas tableadas siempre escocesas con predominio marrón, verde, alguna vez rojo, de diversos tonos y algún toque de negro que también ha quedado en mi retina, como quedó todo aquello en mi vida... Ha cruzado la avenida, *Madame*, y los *foulards* son de seda, los zapatos marrones, ni claro ni oscuro, nada nunca fue ísimo en *Madame*, y aprendió perfecto el alemán sin esfuerzo, como si le saliera de adentro, como si nada tuvieran que ver en ello los excelentes profesores que tuvimos...

Ella jamás se dio cuenta de que se sentó siempre en primera fila, de que sus cuadernos de notas los apoyó siempre sobre el muslo a cuadros escoceses de la pierna cruzada, de que jamás tocó la carpeta, como si el polvo de algo que estaba siempre muy limpio le pudiese ensuciar el puño de seda desabotonado y recogido sobre la manga de lana linda, con la descuidada perfección de lo que siempre nos ha salido bien sin darnos cuenta siquiera, de lo que otros nunca logran hacer sin intentarlo antes mil veces, y aun así nada, o se deslumbran mirando de reojo, de lo que es calmo y da paz y seguridad y tranquilidad al respecto de todo, como me dijo Debbie Lágrimas una tarde, después de la clase:

—Esa piel tostada y natural siempre.

—¿Tú también la miras de reojo, Debbie?

—También, sí. Y es que me da tanta paz. Me quedaría el resto de mi vida mirándola, de reojo o como sea. La miraría hasta con un largavista, Guillermo.

—¿Y qué te gusta más de ella?

—Me gusta sobre todo cuando se mira en el espejo cada día por la mañana, no bien despierta. Me encanta la sensación que siente al mirar esa piel tostada, esos ojos pardos, esos labios así, como su nariz, ¿sabes?

—Francamente no, Debbie, o es que no te entiendo muy bien.

—Todo en ella es único, porque de ser perfecto, pasa inmediatamente a ser sereno, calmo, tranquilo. Lo único, piensa, Guillermo, puede ser excepcional, y lo excepcional como que ya quita la calma, perturba, ¿no? Piensa en ese pelo que ni es corto ni es largo, que no es castaño del todo, que es color miel de abejas y dorado pero tostado, como también sus cejas son pobladas pero lo justo para... Para no sé qué diablos, oye, pero yo te juro por lo más sagrado que Ella me gusta sobre todo mientras se mira en el espejo cada mañana, no bien despierta, y apenas se pasa una escobilla por ese pelo tan lindo y todo se ordena ya a su alrededor y al mío y al tuyo... Como si el mundo entero se ordenara instantáneamente, también... No sé por qué diablos, oye, pero yo te juro...

—No, si no es necesario que me jures nada, si yo ya lo sé, Debbie. Digamos, en todo caso, que te entiendo a la perfección o que siento a fondo todo eso que dices. Lo que no sé es cómo diablos lo sabes, cómo diablos sabes tanto. ¿Acaso la has visto salir de la cama y mirarse en el espejo alguna vez?

—Dios la puso así en el mundo, Guillermo, entiéndeme. La soltó y cayó en París como un aerolito y el paisaje se renovó al instante, para siempre.

Una señora que aprende de esa manera el alemán, sin-el-más-mínimo-esfuerzo, ¿*me entiendes*, Guillermo?, una señora tan linda que entra a clases tan lindo y sale igual, una maravilla de mujer ausente y serena que llega así y se va exacto, en fin, que no hace absolutamente nada por ser así y lo es, simple y llanamente se sigue mirando en el espejo por la mañana, no bien despierta de ocho horas de sueño natural. Y no por mirarse y mirarse, no, que eso sería horrible y muy antipático, detestable es lo que sería. Se mira porque todos nos miramos en el espejo por la mañana cuando tenemos que pasarnos una escobilla o un peine por el pelo.

—Perdóname tanta curiosidad, Debbie, pero creo que tú entenderás mi pregunta. En todo caso, por favor no te molestes y dime: tú que la ves tanto salir de la cama rumbo al espejo —debe tener un dormitorio sumamente sencillo y lindo, ahora que lo pienso—, ¿hay alguien en esa cama? Un hombre, quiero decir.

—Eso, o no importa, o es que uno ni se fija. ¿O es que a ti te importa?

—Bueno, digamos que sí, pero sólo en la medida en que me permite imaginar que existe un mortal tan increíblemente feliz.

—No dejas de tener razón, mira... Desde ese punto de vista, en todo caso. Pero bueno: haya o no un hombre en la cama, o lo haya habido o no, o lo vaya a haber o no, ¿qué carambas importa con *Madame*?

—Diablos, desde otro punto de vista, eso es exactamente lo que yo también estaba pensando justito ahora, mientras hablabas, Debbie...

—Pensando *o* sintiendo. Porque con *Madame* nunca se sabe. Se siente lo que se piensa y al revés. ¿O no es así?

—Así es, Debbie.

—O es que los dos nos estamos volviendo locos, Guillermo. O sea que ya basta de *Madame*, por hoy. Se acabó la sesión.

—Pero los nazis, Debbie... Yo creo que éste es un tema que debemos abordar en otra sesión. Los profesores del instituto, aparte de ser excelentes, son cualquier cosa menos nazis. Yo lo noto por mí, para empezar...

—Eres un imbécil cuando hablas así. En todo caso, yo te odio cuando dices esas tonterías... Hablas por hablar... Porque te sientes inseguro y te pones a hablar tonterías... Eso se llama...

—Complejo, sí...

—Perdón, Guillermo. No quise... Francamente no... Y por favor no hagas que me sienta mal...

—No, Debbie, eso nunca, tú lo sabes. Pero bueno, yo quisiera una sesión especial sobre

Madame, una sesión en la que, digamos, aunque ningún profesor del Goethe haya tenido nunca ni tenga un solo pariente o amigo nazi, o una ñizca pronazi, siquiera, al menos uno sea consciente de que viene de un país en el que hubo Hitler y horror, mientras en su clase, en París, la mujer más linda del mundo, sin siquiera darse por enterada, se apellida judiísimo. Bíblicamente y todo, Debbie. O sea que tiene que haber un... un... Cómo decirlo... Un trasfondo, sí, eso: *un* trasfondo y hasta si quieres un trasfondo histórico con memoria colectiva y esas cosas que sí, que sí existen...

—Déjame pensarlo, Guillermo. Si eso te atormenta, déjame pensarlo y ya lo hablaremos otro día. Ahora tengo que volver a mi hotel.

—Una última pregunta, Debbie...

—Bueno, pero siempre y cuando no sea muy larga y complicada.

—¿La pregunta o la repuesta?

—Te mataría, a veces, Guillermo Ojeda, pero anda, desembucha.

—Guillermo Ojeda, aplicando todo su poder de síntesis, le pregunta brevísimo a su amiga Debbie: ¿No será, siempre, que a pesar de los años y las Sorbonas de mi vida, yo seguiré siendo eternamente un recién desembarcado peruano en la vieja y diabla Europa?

—No olvides nunca que Debbie Schulz es una recién desembarcadita de un pobretón suburbio norteamericano.

—Pero tus orígenes son europeos, tu apellido es incluso alemán.

—Y el tuyo, irlandés, ja, te pesqué.

—A ver, cómo se come eso.

—Así, mira: En Nueva York todos los policías son de origen irlandés y se apellidan O'Hara, O'Higgins, O'Connor u O'Henry, y cuando son negros y adorables, como tú, se apellidan O'jeda...

—Ya te estás burlando de mí, Debbie.

—No, mi adorado James Joyce: me estoy yendo a mi hotel...

—Debbie...

—Anda, mi tan amable amigo, beso, caricia, y chau.

—Beso, caricia, y chau, gringa del alma...

—Hoy sí que no me ha comido usted nada, *monsieur* Debbie.

—Da lo mismo, da lo mismo...

—¿Le apago la luz, *Madame* Salomon? Es la hora, ¿sabe?

—Mañana, mañana...

—Y esa cara, esas lágrimas, ¿a qué se deben?

—Si supiera usted lo ingrato que es el alemán, *mademoiselle* Tiennot.

—Ya hablaremos de eso otro día, con tiempo, *monsieur Tears*.

—O también otra noche, que da lo mismo.

—De acuerdo, pero ahora hasta mañana y a ver si me desayuna usted bien, *monsieur*...

—En inglés es siempre fácil y bonito recordar: Lágrimas, *Tears*... Y tan lejano y triste, también...

... Tocaba muchas veces sesión *Madame*, cuando Debbie no tenía que regresar pronto a su hotelito del Marais, una estrella y un millón de pulgas, se quejaba ella, la estoy viendo en mi ceguera, oyendo en mi sordera, qué delicia, qué tristeza, qué vejez, qué memorión de unos oídos que tan mal oyen, de unos ojos que ven más sombras que luces, es la memoria de un corazón que se niega a fallar, qué duda cabe, Señor Todopoderoso. Para hablar de una señora tan pero tan linda y así, no sé por qué, inconscientemente nos íbamos siempre caminando, por ahí cerquita, hasta el Museo Guimet, lleno de historia religiosa de la China y el Japón. Y mientras hablábamos de Ella, nos encantaba coincidir siempre en que si nos dieran a escoger entre una maravillosa estatuilla de laca, del monje chino Jianzeng, u otra de Ganjin, iniciador de la cultura budista de los Tang, en Japón, y media hora tomando una taza de té con *Madame*, en la cafetería del Goethe, por ejemplo, ninguno de los dos tendría la *menor* duda: Ella, siempre Ella, y casi para siempre, también... Debbie y yo nos mirábamos, nos abrazábamos y nos desternillábamos de risa, todo en respetuosa miniatura oriental, eso sí. Pero también es verdad que, entre cosas ya para siempre clasificadas, calificadas bellas, era más fácil crear una atmósfera para evocar a *Madame* Salomon, para mantener eternamente vivo el encanto de la noche en que nos invitó a comer al esplendor de su mansión de Neuilly, avenue de Madrid, a festejar nuestras becas de excelencia para estudiar juntos ese verano en Grafrath. Lo recuerdo como si fuera ayer... En fin, es sólo una manera de decirlo de vejestorio, porque esa comida fue hace unas ocho décadas...

... Los hijos de siete y doce años de la señora Salomon, *Madame*, mejor dicho, se llamaban Nathalie y Emil, y cuando volvíamos, Debbie a su hotelito y yo a mi cuartito techero, ella estuvo totalmente de acuerdo cuando le dije que Dios también los había soltado y que asimismo cayeron como dos aerolitos más en París, de lo puro asombrosos y educados y lindos e hijos de su mamá por los cuatro costados que eran. Y Debbie también debe haber recordado esto toda su vida: fue la cena más elegante y rica y sonriente y agradable y apacible a la que habíamos asistido e íbamos a asistir en los días de nuestra vida, sí, claro que sí, pero ninguno de los dos iba a pegar un ojo esa noche. O sea que yo acompañé a Debbie hasta su hotelito, luego ella a mí hasta mi cuartito, otra vez yo a ella hasta el hotelito, y en fin así hasta que nos dieron las diez de la mañana sin desayunar y habla que te habla. Habíamos empezado nuestra conversación por el final y por ahí mismo la acabamos, horas y horas después, pero no nos importaba, claro que no nos importaba ser tan poquita cosa al lado de alguien que, seguro, Guillermo, en el fondo nos tiene cariño y nos encuentra francamente enternecedores, no: conmovedores, no...

—No te comas tanto las uñas, Debbie.

—Pero, dime la verdad, Guillermo, tú también te fijaste en que jamás *hubo* un marido...

—En todo caso, no fue aerolito.

—Claro que no. No dejó ni rastro.

—¿Le habremos dejado nosotros algún rastro?

—Presumido.

—De acuerdo, y ahora te acompaño yo otra vez hasta tu hotelito...

—Sí, por favor.

—Yo creo que deberíamos hablar del nazismo.

—Sí. Eso me quitará los nervios y el miedo, Guillermo. Me quitará hasta la gripe esta que no se me cura nunca...

—¡Qué dices, Debbie, por Dios Todopoderoso!

—El otro día en clase, por ejemplo, fue horrible y cruel...

—¿Cuándo?, ¿cuando vino el inspector de profesores y le encontró mil faltas a la enseñanza de *Fräulein* Pohl?

—Sí, la pobrecita. Casi la mata con tanta eficiencia y superioridad. Sola, y delante de nosotros, nunca se equivocó. Ella misma se hubiera corregido y disculpado, de darse el caso.

—¿Tú crees que él la empujaba a cometer faltas?

—Yo creo que ella es una excelente profesora, pero que la sola presencia de un tipo que se sentía y *era* perfecto, casi la mata. Venía desde Alemania, desde la esencia misma del instituto, para inspeccionar profesores. Y al día siguiente seguro que tomaba un tren o un avión y seguía a otro país para encontrarle falta tras falta a cada uno de los profesores que encontraba en su camino. Yo la pasé pésimo, Guillermo...

—Todos la pasamos pésimo esa tarde, Debbie.

—No, Ella no.

—¿Cómo lo sabes? A lo mejor la procesión iba por dentro.

—*Nein*, mi querido amigo. La procesión no iba ni por dentro ni por fuera. Créeme que esa tarde observé descaradamente a *Madame* Salomon y que la procesión no iba por ninguna parte. Y créeme que lo peor, o lo mejor, de todo, es que esto en Ella no tenía ni tiene ni tendrá nunca nada de malo. Ni siquiera cuando ya hacia el final de la clase *Fräulein* Pohl había perdido completamente los papeles y cada vez estaba más colorada y llorosa y equivocada. Y ni siquiera cuando el asunto ya tuvo ribetes de sadismo y la pobre mujer salió disparada de la clase a presentar su renuncia, seguro.

—Me estoy sintiendo pésimo, Debbie...

—Guillermo, créeme que no tienes por qué. Simple y llanamente tienes que aceptar que hay gente así. Yo te juro, Guillermo, que la crueldad y el horror del mundo simple y llanamente no logran concernir a *Madame* Salomon.

—Entonces, ¿qué es? ¿Fría?, ¿frígida?, ¿un témpano de hielo?, ¿un monstruo de indiferencia?

—Sus hijos la adoran y ella los adora. Y además es adorable, Guillermo. Me lo tienes que creer, te lo ruego.

—...

—Dime, por favor, que sí me crees. Y dime que tengo toda la razón y que nunca vas a dudar de lo que te acabo de decir.

—Si me acompañas otra vez hasta mi cuartito, te lo creeré todo y te lo agradeceré muchísimo...

—Agárrate fuerte de mi brazo, mi tan amable amigo peruano, mi Guillermo amable en todos los sentidos que esta palabra pueda tener...

—Y lo derrama todo, además de que no me come, *monsieur* Salomon...

—Da lo mismo, *mademoiselle* Debbie...

—¡Pero me está usted oyendo, siquiera! ¡Cómo que da lo mismo! Con lo cansada que estoy yo, a estas horas, y mi gran amigo me da trabajo extra y además ni me saluda...

—El mundo es ancho y ajeno.

—¡Oy, Dios mío! En que habrá estado pensando usted todo el día, hoy...

—Mañana, mañana...

—No. Inmediatamente es cuando tengo que limpiarlo yo a usted. Pero mire cómo se ha manchado... Qué cochinada, Dios mío. Y mire cómo se ha chorreado íntegro el pecho. Ahora sí que no me vaya usted a salir con que esto también da lo mismo...

—No... Aquello sí que no daba lo mismo, *mademoiselle* Debbie Lágrimas. Aquello era nuevo y diferente y era verdad, pero definitivamente no daba lo mismo, *Tears*...

—¿Y ahora qué le pasa? ¿Llora? ¿A sus años, y llorando? Pero si no es para tanto. Un poquito de cochinada aquí, sobre el corazón, no es para tanto... Y mire, ya está todo limpiecito, otra vez.

—Muchas, pero muchísimas gracias, Debbie *Tears*...

—Vaya, esto es lo último que me faltaba. Que le dé usted las gracias a la tal Debbie esa y no a mí...

... Otras tardes le tocaba sesión a Debbie Lágrimas, y entonces buscábamos el Sena para bordearlo y aliviar nuestras penas con el consuelo de que éramos tan poquita cosa ante su caudal sereno y eterno y sus puentes que ya todo lo han visto pasar, siempre, qué diablos les podía importar unas penas más, pues, qué diablos Debbie Schulz, de Boston, pero de un suburbio pobretón, qué diablos su amor complicadísimo y mi amor secreto de ciudadano de un suburbio del mundo pobretón. Había atardeceres tan serenos y majestuosos, atardeceres en que Debbie y yo nos sentíamos jóvenes y predispuestos, muy jóvenes y con toda una vida por delante, a pesar de nuestros problemas actuales, pero definitivamente nosotros no éramos ni seríamos nunca aerolitos que Dios soltó y que habían caído sobre París, alterándolo todo a su alrededor. El peso del mundo, en cambio, parecía haberle caído encima a Debbie, allá en unas afueras sin nombre de Boston: Debbie había leído *El Quijote* y se refería a su *suburb* como aquel lugar de los Estados Unidos de Norteamérica de cuyo nombre no quisiera acordarme nunca más en mi vida, Guillermo...

II

Pero el rey del suburbio de ingrato recuerdo reapareció en Grafrath am Ammeersee. Venía por lo que era suyo, pero Debbie nada me dijo, durante varias semanas, durante casi toda nuestra permanencia en Alemania, en realidad. Y, aunque según parece el asunto se notó a gritos, desde el primer día, yo andaba lo suficientemente confundido desde que llegamos de París como para darme cuenta siquiera de que la pobrecita lo estaba pasando tan mal con esa historia que parecía perseguirla por el mundo. La verdad, a mí las cosas en Grafrath me chocaron bastante desde el primer día y como que nunca lograba concentrarme en lo que debía, y en las clases también empezó a costarme un trabajo tremendo poner los cinco sentidos en cada explicación del profesor, en cada pregunta y su respuesta, y como que el alemán se me convirtió en un aspecto más de una realidad, y hasta de casi todo un país, diría, que nunca lograba asimilar enteramente. Sí, así era, y yo a menudo me sentía confundido, perdido, perdido y sin asideras, sí.

Total que, con todo lo sobresaliente y becado que llegué, muy pronto empecé a perder pie entre mis compañeros de curso, a responder a cada rato mal a las preguntas, a ver que mis deberes se llenaban cada día más de correcciones rojas y notas muy mediocres, y a encontrar dificilísimas de entender las explicaciones y los ejemplos que *Herr* Hertwig anotaba en la inmensa pizarra verde campiña. Además, a cada rato descubría que los ojos de *Herr* Hertwig como que se clavaban en mi desconcierto y que su rostro adquiría en el acto un rictus ario-ácido u otro sonriente: ario-ácido cuando acertaba en una de mis respuestas, y sonriente, pero para abajo, malvadamente, cuando me equivocaba en público. La verdad, nunca supe si al pobre hombre, sin duda tan aldeano como todo en Grafrath, lo desconcertaba que de un país tan míticamente andino, como el Perú, saliera un negro como en el Congo, más o menos, o si en el fondo era que le molestaba que entre los alumnos del instituto que dirigía hubiese uno que se apartara ya tanto de un mínimo exigible occidental y cristiano, al menos en apariencia, porque bien que asistíamos a la misma misa cada domingo y yo comulgaba y todo, en su presencia; en fin, digamos que si yo hubiese sido al menos mulato claro o indio ya sin plumas, bueno, pasa, y además es pasajero, es sólo por este verano y es mala suerte, también, pero resulta que el tal Ojeda es negro, y tanto que le dicen retinto, y resulta que además es peruano, esto sí que ya molesta, esto siembra el desconcierto, y esto como que no pasa y sienta además un precedente y nada menos que procedente de París y becado sobresaliente, como si fuera tan poca cosa una beca del Goethe Institut...

Y así andaban el estado de ánimo suyo y mío, o más bien el estado de tensión, ya casi de choc, entre *Herr* Hertwig y yo, ahí en medio de esa grande y muy alegre y cordial sala de clases internacionalmente concurrida, cuyos ventanales daban a una campiña muy verde pizarra-verde y aséptica, llena de colinitas y arbustos, de saludable paz y moderado clima veraniego, ideal para vacaciones al borde de un lago tan grande como un mar chico, con sus playitas de arena y todo, pero bueno, también con *Herr* Hertwig y yo y otros problemillas y tensiones que sin duda provenían directamente de la *Weltanschauung* (en castellano: «visión», «concepto», y hasta «sentido del mundo», pero mucho más riguroso y *Herr* Hertwig suena en *Deutsch*, claro está) de ese alemanote rubicundo y tomate, lugareño y residente eterno-grafrathiano-ruralón, de quien tantas cosas dependían para nosotros los alumnos, y al cual, muy a mi pesar, creo que una presencia tan congoleñamente peruana, aquel verano, o sea *todo* aquel verano, le agudizó un fuerte proceso de acidez, gastritis, ariorrictus, y *Weltanschauung* patas arriba.

En cambio con *Frau* Hertwig, su esposa, que chamuscaba su poquito de castellano de turismo en España, que no era presa de rictus alguno, aunque sí de un exceso de rímel y carmín nocturnos, desde el amanecer, mis relaciones yo creo que fueron siempre francamente buenas y sonrientes, muy de buena profesora y de alumno que lo intenta, de-ses-pe-ra-da-men-te, y a quien jamás vamos a intentar nazificar de arriba abajo, pública

217

e internacionalmente, con una preguntaza de respuesta letal, una sala de clase no es un campo o algo así de concentrado, no, eso jamás. En fin, el único incidente que tuve con *Frau* Hertwig fue cuando me regaló una historia de la literatura alemana, en castellano, diciéndome muy sonrientemente que me la obsequiaba porque ese libro no servía para nada y ya verá usted qué hace con él, señor Ojeda, aunque yo juraría que la pobre quiso ser amabilísima e iniciarme incluso a las letras de su país, y que como el castellano sólo lo chamuscaba, la frase le salió así, como a quemarropa y boca jarro de *Herr Direktor*, su director y esposo, aunque muchísimo más lo primero, al menos pública y notoriamente.

O sea que, en lo que a los profesores del Instituto Goethe de Grafrath se refiere, yo pude haber vivido una situación al menos compensatoria —él me odia y con las justas se contiene y a ella le caigo bien y no hace nada por ocultarlo, aunque a veces le salga el tiro por la culata, a la pobre—, pero este precario aunque para mí ya satisfactorio equilibrio se venía abajo cada día y cada tarde, a la salida de clases, en el jardín de ese blanco y amplio local del instituto que a los Hertwig también les servía de cómoda vivienda. Yo salía medio tristón, medio cabizbajo y bastante cansado, porque mis esfuerzos por ir más y más, a más, como que por primera vez no rendían fruto, más bien se me desmoronaban, ahí en Grafrath, y justo cuando me decía rotundo que no había que tirar la toalla, que a casita y a estudiar como loco y hasta el alba, si es necesario, que mañana amanecería con mi alemán radiante, que mañana hundiría en la miseria a *Herr* Hertwig con una ametralladora de respuestas aliadas y correctísimas, y que ya basta de susceptibilidades, peruano de eme, justo justito cuando estaba diciéndome estas cosas y empezaba a entonarme con mi mejor sonrisa blanquinegra, los dos hijitos de los Hertwig, cuatro años y linda muñequita bávara, ella, y seis la aridísima ladilla de su hermano, estaban ahí a la salida de mis dificilísimas clases, jugueteando y hablando un tan fluido y perfecto alemán medioambiental, abusivo, demagógico y de nacimiento, que yo como que volvía a caer en el fango, patas arriba e irremediablemente, sí, yo, tamaño manganzón, con mis treinta añotes bien cumplidos y con la justas balbuceando un error tras otro, mientras que ellos, que juntos hacían una media de tan sólo cinco abriles, ya eran   capaces de matarme a mí en la lengua de Goethe y   de Thomas Mann, *porca miseria*.

Y todo esto sólo en lo privado, en lo personal y nada más, por lo que creo que vale la pena también referirse a lo público, ahí en Grafrath, que esencialmente estaba ligado a lo habitacional, y que para mí fue incluso más difícil de superar que lo privado e influyó notablemente en los resultados de tanto esfuerzo por seguir yendo más y más, a más. Y, por supuesto, influyó también en el hecho de que yo tardara tanto tiempo en ocuparme de mi adorada Debbie Lágrimas y de su propio calvario íntimo, la verdad es que como que me olvidé de Debbie casi por completo, y qué horror, qué encerrado con mis cosas estuve que ni cuenta me di de nada, y cómo sería de enorme e importante mi olvido para que tuviera que ser nada menos que la impávida y maravillosa *Madame* Salomon la que me hizo enfrentarme a todo, sí, a todo, a Debbie, a su príncipe perverso y complicadísimo, y a mí mismo... Pero bueno, esto fue después, ya muy al final, por lo que creo que antes debo ocuparme de lo que he llamado público y habitacional.

Para empezar: ¿era todo este entramado también obra de *Herr* Hertwig solito, o había otros como él en las altas esferas del instituto, otros como él entre los que decidían por él, quiero decir, para su enorme placer, esto sí? La verdad, no creo que el asunto habitacional de Grafrath obedeciera a un plan preconcebido, y no lo creo a juzgar por todo lo que vi en París, con excepción de aquel atroz inspector de profesores que torturó con renuncia aceptada a la pobre *Fräulein* Pohl, tras empujarla sádicamente por un despeñadero de errores de enseñanza ante sus alumnos. Durante los cinco años que estudié en el Instituto Goethe de l'avenue Iena, en París, el trato fue igual para todos, los profesores gente tan simpática y abierta como eficiente, y en la administración uno se topaba siempre con jóvenes y sonrientes funcionarios que se esforzaban por ser amables y sumamente profesionales. O sea que lo de Grafrath am Ammeersee me suena a mí terriblemente *Herr* Hertwig, e incluso pasando sobre el cadáver de su esposa y de su lindísima hijita-muñequita bávara, aunque tal vez no del seisañero aquel de su hijo, el del alemán acomplejantemente fluido y que parecía que lo hablara *contra* uno, sólo para dejarte reducido a una suerte de indefensa nada peruana y retinta, aunque a esta edad al niño francamente también habría que concederle el beneficio de la duda y decir que más bien fue uno, a lo mejor, el inseguro del diablo que todo lo vio, lo oyó y hasta lo vivió así, subjetiva, depresiva, acomplejada, masoquista y deformemente, porque la verdad es que a veces somos demasiado frágiles ante determinadas situaciones, y del sospecho al hecho como que nos lo tomamos todo demasiado a pecho.

Bueno, pero sí es verdad comprobadísima, y no sólo vista y oída, qué va, que a mí me tocó vivir

221

donde un zapaterito bávaro y ya casi remendón, de tan chiquita que tenía la vivienda-taller con su cuartito en los altos para el estudiante extranjero de turno, el tal *Herr* Otto, casado con *Frau* Mamapancha Roja. Eran tan profundamente bávaros y campesinotes ambos, que de alemán no hablaban ni una jota, ni siquiera lo suficiente para que uno les entendiera lo del apellido de casados o lo del nombre de pila de ella, por lo que siempre respondieron a lo de don Otto y doña Mamapancha Roja, unos nombres inventados casi cien por ciento por mí, y más bien descriptivos, exactamente de la misma manera en que ellos encontraron gran satisfacción y contento en que yo me llamara *Herr* Afrikanisch von Perú, definitiva y descriptivamente, también, pues más allá no pude llegar en mi casi diario y desesperado intento de ampliar una *Weltanschauung* que no pasaba de Munich, a unos treinta y cinco minutos de tren, y de un dialecto localísimo, de nacimiento, vida y muerte.

En fin, que en enseñarles un poquito siquiera de alemán a *Herr* Otto y a su esposa se me iba media vida, en Grafrath, lo cual podía ser indispensable, por ejemplo, para lograr explicarles, por favor, que es hoy domingo, sí, *Sontag*, domingo, les juro que ya es domingo, otra vez, y les ruego que, precisamente por ser *Sontag* y *bitte-bitte-bitte*, día de mi baño semanal, me den la llave de la toalla y el jabón y el cubobañera de madera y las jarras para el agua caliente y fría —porque jamás una gota más de agua e higiene cupo en su *Weltanschauung* y seguro también que mi arco y mi flecha me los habían quitado en la frontera, cuando me entregaron mi ropa cristiana y bautizada—, pero ellos erre con erre en levantar el brazo y enchufar sus rojas narices en el sobaco y que no, que no era domingo hasta la semana próxima y luego un dúo de carcajadas coloradas y simpatiquísimas porque sí que era domingo, en cambio, para lo de la hospitalidad bávara y el vino blanco en cascada y salchichas y coliflores a granel, que era cuando yo, sin desentonar en lo más mínimo con tan efusivas muestras de cortesía y hospitalidad rural, a mi vez negaba a carcajadas que fuera domingo otra vez tan pronto y salía disparado a llorar y bañarme en el lago, en alemán, de ser posible, para practicarlo siquiera con mi sombra, porque para eso lo hacían vivir a uno con familias lugareñas, y, así, todos los que habían venido de países europeos, incluyendo incluso a los transpirenaicos y norafricanizados españoles, vivían en casas de profesionales que veraneaban en Grafrath con mansión estival, ribereña y todo, y también los norteamericanos que, como Debbie y varios más, vivían en casa de un arquitecto o un médico y su familia y practicaban sobre todo a la hora de las comidas. Tres turcos y dos hindúes vivían en habitaciones del hotelito de la *Bahnho* y conversaban con el conserje, los mozos, algún despistado alemán de paso e incluso con uno que otro ferroviario que caía por ahí, pero en alemán, conversaban y en alemán, o sea que practicaban, y dos argentinos vivían donde el farmacéutico y el bodeguero, que también practicaban y conversaban lo suyo, en fin, que por practicar y conversar en alemán no se quedaba corto ni siquiera el otro peruano que había en Grafrath ese verano, y al que sin duda unos ojos verdosos y un apellido materno de remoto origen alemán le habían dado derecho a vivir en casa del chofer de *Herr* Hertwig, o sea de un hombre que obligadamente debía dominar su idioma.

Después ya sólo quedábamos mi lejano entramado y yo, o sea la casita blanca y remendona del zapatero de brocha gorda, que ya casi no quedaba en Grafrath, ni siquiera en sus alrededores ya, a fuerza de tener uno que andar colina tras colina y prado y más prado hasta que el asunto se volvía más bien cosa de confines boscosos y como muy silvestres y hasta osunos y lobunos, diría yo. Y, bueno, de sus habitantes ya casi todo ha sido dicho, salvo que a fuerza de quererles enseñar inútilmente mi regularón alemán de *Mittelstufe Zwei*, con cada día más errores y quedada atrás en clase, por falta de la debida práctica habitacional, precisamente, terminaba ya sólo intentando contagiárselos, pero, ¡oh, desgracia!, resulta que era yo el contagiado por su bávaro colorado, localísimo, y como ensalchichado, diríase, y en plena clase de *Herr* Hertwig se me escapaba uno de esos bárbaros bavarismos y el rictus arioácido tornábase *ipso facto* en *Nein, Herr* Ojjjeeeda, *neinísimo*, y en una amplísima sonrisa para abajo y ya descaradamente de malvado triunfo superior.

En fin, que también por culpa de lo público, de lo habitacional, en todo caso, me estaba ya resignando a que aquél fuera un verano perdido para mis progresos en alemán, para mi profundo anhelo de ir más y más, a más, pasando de Francia a Alemania y dominando el idioma de Goethe y Thomas Mann, ahora que dominaba ya mi Rabelais, mi Corneille, mi Racine y mi Molière, cuando *Madame* Salomon —que nunca vivió en Grafrath sino en Munich, que mañana a mañana aparecía sonriente y maravillosa en su Morgan verde de capota caqui, que permanecía entre nosotros hasta el atardecer e incluso se nos unía los fines de semana en nuestros baños en el Ammeersee— me advirtió de lo mal que la estaba pasando nuestra Debbie parisina, por culpa de *cierta personita...*

Creo que entonces me resigné a dar por perdida aquella oportunidad alemana, y creo que entonces, sólo entonces, también, me di cuenta de hasta qué punto me importaba todo lo concerniente a mi tan querida Debbie Lágrimas, mi tan y tan querida e inolvidable Debbie *Tears*... Tiré la esponja, hice feliz a *Herr* Hertwig con mi abandono, con mi derrota, y ya nada me importó sino ver qué diablos ocurría entre la espigada y hermosa Debbie y su *Lord and master*, como le había llamado ella un día, en París, mientras paseábamos al borde del Sena, para luego agregar las palabras *asco* y *horror* y jurar que de aquel suburbio bostoniano realmente no quería acordarse ni del nombre, como en *Don Quijote de la Mancha*, Guillermo, ni más ni menos...

Madame Salomon me había descrito determinada playita del lago como el lugar de unos hechos que, por lo demás, acontecían cuando uno menos se lo esperaba, porque mañanas y tardes hubo en que don Juan Malvado, o sea el amo y señor de Debbie, la obligaba a faltar a clases y todo, para un nuevo encuentro lacustre. Y yo sin darme cuenta de nada, sin sospechar jamás nada malo, más bien todo lo contrario, a pesar de las cosas que ya Debbie me había más que insinuado en nuestras caminatas parisinas, en fin, yo sin duda en Babia debido a lo muy complicado y difícil que había sido todo para mí hasta ese momento en Grafrath am Ammeersee. Pero bueno, ya había claudicado, ya había hecho feliz al tal *Herr Direktor* ese, y ahora podía consagrarme en cuerpo y alma a mi tan querida Debbie.

Por eso amanecía, y ya yo andaba tumbado en la arena de la pequeña playa, con mi enana toallita de *un* baño, que no de baño y mucho menos de playa, y una lonchera para el picnic con que reemplazaba el almuerzo, y que contenía además todo lo necesario para no pasar hambre ni sed hasta el anochecer, que era cuando aparecía un vigilante armado y, en un alemán policial que incluía un perro ídem, se encargaba de que ni un solo mortal permaneciera un minuto más en la playita, hasta la mañana siguiente. *Madame* Salomon solía aparecer casi a diario, después del almuerzo, y me sonreía entrañable mientras extendía su toallota azul en la arena, se instalaba preciosa, se desperezaba y estiraba maravillosa, se llenaba de cremas para absolutamente todo, me imagino, y el resto del tiempo lo pasaba irradiándose involuntariamente a sí misma, en dirección a mí, por lo menos, y hojeando alguna revista del tipo *Embrujos de la Vieja Camarga*, pero en alemán, aunque yo puedo jurar ante una biblia que lo hacía con tanta discreción como encanto y naturalidad, sin duda alguna para no ofender al pobrecito señor Ojeda que definitivamente se nos quedó atrás este verano y, con seguridad, no se lo merece. Me sonreía y todo, desde su toallota azul y sus elegantes revistas, *Madame* Salomon, pero al mismo tiempo yo notaba que constantemente interrumpía su hojear revistas de grandes fotos y breves textos para otear el horizonte cercano, tanto a su derecha como a su izquierda, al frente e incluso detrás de ella. Miraba en esas cuatro direcciones, me miraba, me sonreía, y volvía a hojear un rato sus revistas. Y tanto mirar y mirarme y sonreír se convirtió en una suerte de vigilante diálogo: Debbie podía aparecer en cualquier momento, yo tenía que estar pendiente de eso, y tenía que acercármele y acompañarla aunque llegue sola y aunque llegue acompañada, ¿me entiende usted, señor Ojeda?

Y en efecto, Debbie apareció un domingo por la tarde, sola, con el pelo castaño recogido sobre la cabeza, una toallota blanca, y un bikini tan pero tan ini que realmente exponía —más que ponía al descubierto— algo que ella me había ocultado por completo con su descuidada manera de vestir. Tanto en París como en Grafrath, la muy altota y espigada Debbie llevó siempre unos trajes tan amplios, tan sin forma y tan largos, que en realidad terminaban siendo como túnicas de invierno y de verano, túnicas descuidadas y desteñidas, además, y baratas y sin un prendedor ni una alhajita ni una nada, para mejorar en algo la cosa, y así el resultado indumentario era un verdadero desastre de desaliño y total carencia de gracia y de todo, por más de que se tratara de un día cualquiera de clases o de una importantísima comida donde *Madame* Salomon, pues Debbie jamás se maquilló tampoco, ni mucho menos se quitó unas sandalias como piel rojas y horribles, y horriblemente viejas también, para colmo de males. En fin, que tanto en París como en Grafrath, Debbie como que se limitaba a su piel sumamente morena y medio pecosita, en muy bonito y sabrosón, eso sí, y a esos ojos de un azul maravilloso pero tan achinados y encapotados que apenas se disfrutaban, salvo cuando algo la sorprendía o asustaba y entonces sí que los abría y entonces también sí que era como darse de golpe y porrazo con lo Danubio del azul, en versión fluvial y Strauss, conjuntamente, y descubrir, absorto uno, todo lo linda que podía ser Debbie. Yo, por ejemplo, un día le coloqué una pluma de ganso en la parte posterior de la cabeza, le pegué un grito tan feroz e inesperado que a la pobrecita jamás la volví a ver con los ojos tan azules y enormes, y apreté el flash de mi cámara fotográfica, todo en un instante. Debbie sonrió divertida, cuando por fin se dio cuenta de mi truco, y nuevamente volvió a achinársele y encapotársele todo en la cara, pero, cuando le mostré su foto desarrollada, simple y llanamente no se atrevió a negarme que ni Robert Mitchum ni John Wayne, que ni siquiera el mítico Búfalo Bill se habían cruzado jamás con una indiecita tan linda y tan alta y tan Hollywood en sus legendarias andanzas por el mundo del *western* y la pradera en tecnicolor.

Pues algo muy semejante sucedió esta vez en aquella pequeña playa de Grafrath, pero ya no sólo con los ojos de Debbie sino con toditita esa flaca espigada que, al quitarse una desteñida y playera túnica, quedó convertida en una tremenda Debbiezota. La verdad, jamás habría soñado siquiera que una flaca lo fuera tan poco y que una túnica rectilínea y uniforme pudiera contener y, lo que es más, ocultar hasta tal punto todo un verdadero circuito de curvas tan armoniosas como acusadas y hasta peligrosísimas. Yo miré a *Madame* Salomon, como quien desea verificar que no se ha vuelto loco por efecto del sol y que está realmente viendo lo que ve, y ella me lo corroboró todo con una de sus más lindas sonrisas y con eso de ponerse al mismo tiempo sus anteojos negros, como quien decide ser sumamente discreta porque los jóvenes éramos Debbie y yo y ella una señora, *Madame*, mejor dicho, y porque aunque año tras año y para siempre jamás ella tendría y tendría y tendría treinta y ocho años, los jóvenes estudiantes éramos nosotros y ahora podíamos proceder a comernos el mundo o algo así, claro que siempre y cuando no se produzca la más atroz interrupción...

—¿Y tu amigo? —le pregunté a Debbie, acercándome, colocando mi toallita al lado de su toallota, y viviendo en temblores, palpitaciones, corcoveos cardiacos, suma ansiedad y una brutal timidez paralizante, la abrumadora cercanía de Debbiezota, tremendo hembrón, tamaña mujer, furibundo cuerpazo, el bikini ese tan ini-ini y encima de todo color piel de Debbie y creo que hasta con sus pequitas sabrosonas, aunque después el asunto como que se calmaba cuando uno seguía curva tras curva tras curva, de abajo arriba, sí, y literalmente de pies a cabeza —porque curvilíneo era hasta el dedo gordo de Debbie, el dedo gordo de cada pie—, y llegaba por fin al remanso de paz de su voz dulce y suave y sus ojos encapotados, luz y sonido de su alma y de su carácter tierno y entrañable—. ¿Y tu amigo? —le repetí, con una voz bastante más mía, en esta oportunidad.

—Se lo llevó el viento. Y espero que sea para siempre, esta vez. Dios mío, realmente espero que lo parta un rayo, esta vez.

—¿Pero estudiaba aquí, o no?

—Ese tipo nació políglota, nació demasiado rico, y nació demasiado bello y elegante. O sea que no necesita ni hacer ni estudiar absolutamente nada.

—Suerte la suya... Un hombre sin necesidades...

—¡Sin necesidades! ¡Eso crees tú!

—¿Me podrías explicar un poco tanto énfasis, Debbie, por favor? Mira, yo he andado bastante ausente por una serie de razones... En fin, ya te explicaré, pero lo importante ahora es que hasta *Madame* Salomon creo que anda preocupada por ti. Tú ya sabes cómo es ella. Irradia las cosas, en vez de decirlas, pero aun así algo me ha dicho, que te eche una miradita de vez en cuando o algo así...

—Silvester no volverá, Guillermo. O sea que ya no tienes nada de qué preocuparte.

—¿Palabra de honor?

—De honor, sí.

Dichas estas palabras, Debbie se aferró a mi mano tumbada ahí a su lado, como todo yo y todo en mí, dijo dos veces Guillermo Ojeda y se fue aferrando más y más a esa mano entregada mientras se incorporaba decididamente hasta quedar del todo y deliciosamente sentada y rozadiza, ahí a mi derecha, y de pronto también inclinada sobre mi cuerpo cretinizado y mis ojos que ahora la

232

miraban desde ahí abajo, tremendamente in-
dagadores, eso sí, y mis labios que le sonreían y le
respondían, dos veces también, Debbie, Debbie
Schulz.

—Silvester Stephens me hizo suya sin tocarme un solo dedo, a los once años de edad. Él tenía quince e iba ya por su tercer Lincoln Continental. ¿Sabes lo que es un chico buenmocísimo en
un Lincoln Continental en un suburbio pobretón
a los once años de edad, Guillermo Ojeda?

—Bueno, digamos que por el cine y esas
cosas, sí. Lo que no sé, más bien, es cómo pudiste
entregarte tanto, sin... Sin un solo dedo, quiero decir, aunque sin ofender.

—Me enamoré de todo, del todo.

—Eso no ha cambiado, por lo que veo.

—Guillermo, mírame bien a los ojos y
créeme, por favor. ¿O es que tú crees que yo te
mentiría a ti?

—Tus ojos no me dejan ver el bosque,
Debbie, sobre todo ahora que los has abierto
tanto.

Ahí arrancó una seguidilla de besitos y besos —a cual más delicioso y más dulce y suave y
creíble, todo sumamente confiable, digamos—,
durante la cual mi adorada Debbie, ya casi encara-
mada sobre mi entrega total, me contó con pelos y

señales cómo había sido todo en su vida desde el día mismo de sus once años en que Silvester Stephens apareció en su suburbio de blancos pobres con su Lincoln Continental número tres. Silvester Stephens, rey desde-ese-mismo-instante de su barrio, de su calle y de su corazón, y de muchos barrios, calles y corazones más, tenía sin embargo un complejo sólo con ella, en fin, algo tremendamente complejo, psiquiátrico, psicoanalítico, neurótico, mental y no sé qué más decirte, Guillermo, pero yo creo que tú me entiendes, ¿no?

—Bueno, digamos que por el cine y esas cosas, sí.

—Han pasado catorce años, Guillermo...

—Sin tocarte un solo dedo, entiendo.

—Y por ello me ama, me odia y me persigue por donde voy. A París viajé huyendo de él, para poder continuar tranquila con mis estudios de filosofía, a ti te consta.

—Pero te ha descubierto hasta en este campiñoso pueblecillo bávaro.

—Me encuentra cada vez que le da la gana, Guillermo. Tiene todo el dinero y el tiempo del mundo para hacerlo.

—¿Y qué haces tú, entonces?

—Me entrego. Es piedad, y es fatal.

—¿Y qué hace él?

—Me vuelve loca y me pega cada vez más.

—Entonces yo lo voy a matar, Debbie. Entonces yo sí que lo voy a matar.

De los ojos azules de Debbie cayeron unas lágrimas sobre mi cara, sobre mis hombros que ahora estaban muy tensos, y sobre mi brazo derecho que ahora sí que estaba furioso. Esas lágrimas cayeron para siempre, quiero decir, y como que me arroparon por dentro todo lo referente al amor, ya para el resto de mis días, al mismo tiempo que se convertían en la única vestidura que iba a necesitar jamás nuestra relación y, por qué no, también en su única armadura, aunque yo no le dijera entonces a mi Debbie frágil e inmensa y morena y Danubio, nada le dijera entonces ni nunca de que sentíame ahí a su vera todo un caballero andante y galopante. Se habría reído de mí, tal vez, o a lo mejor no, a lo mejor ella también sabía algo acerca de aquello, digamos que por el cine y esas cosas. No hubo tiempo de averiguarlo, en todo caso, porque ya su cuerpo se había instalado sobre su asesino más querido y, al igual que *Madame* Salomon, otros estudiantes del Instituto de Grafrath se estaban haciendo los de la vista gorda ante aquel amor semidesnudo que había estallado ahí a un lado de la playita y sobre la toalla enana del peruano Ojeda, además, un negro alto, fortachón, bonachón, lástima que poco dotado para el alemán y sumamente feliz que justo en esos momentos recibía nuevamente, pero ahora en besos locos y caricias de pasión total, que también él correspondía revolcándose de cariño, la palabra de honor de Debbie Schulz: Silvester Stephens no reaparecerá nunca más, mi adorado asesino, y si no me crees y entiendes ahora es porque eres el peruano más bruto que he conocido en mi vida, Guillermo Ojeda...

Se oyó, muy pronto se oyó sin embargo un silbidito. Se oyó por allá, como por detrás de esas rocas, y Debbie no pudo contenerse y se destrabó, se escapó de todo, de toda la ternura y el amor y la pasión de su asesino tan sinceramente amado. Y desde ese día éste sólo atinaba a pensar en unos versos de García Lorca, en aquello de *sus muslos se me escapaban como peces sorprendidos*, cada vez que Debbie era suya y escuchaba ese silbidito, al mismo tiempo, sea donde sea y a la hora que sea. La primera vez, ahí en la playita de Grafrath, él no atinaba a nada, tardaba en creer, en imaginar siquiera, en darse cuenta, finalmente, y fue *Madame* Salomon quien le indicó la dirección a tomar, por allá, detrás de esas rocas, entre aquellos árboles.

Guillermo Ojeda fue a matar, y literalmente estaba dándole una paliza de muerte a Silvester Stephens, a pesar de los gritos y los bravos esfuerzos de Debbie por impedirlo. Y Guillermo Ojeda varias veces estuvo a punto de matar a Silvester Stephens, pero siempre una pedrada en la cabeza, en Grafrath, un ladrillazo, en Munich, un adoquinazo, en París, un fierrazo, en Boston o en Nueva York, en fin, siempre un golpazo por la espalda le partió la cabeza y lo dejó tendido, impidiéndole así convertirse en el asesino andante que realmente deseó ser y convirtiéndolo más bien a él en la pobre víctima que, todo parecería indicar, empezó a quedarse atrás para siempre en este mundo, tan sólo por haber insistido tanto en ir más y más, a más, en esta vida, por haber tenido la muy mala suerte de caer en el Grafrath de *Herr* Hertwig, y por haber aceptado definitivamente que hay gente tan maravillosa que hasta se irradia a sí misma y es aerolito, como *Madame* Salomon, gente débil, frágil y adorable, como Debbie Lágrimas, a la que hay que cuidar a cualquier precio galopante, y gente como él, a la que unos ojos azules le taparon el bosque y mejor así porque el bosque era ese lugar atroz en el que se escondían todos los silbidos osunos y lobunos del mundo.

Estas creencias, y su fe en Dios Todopoderoso, hicieron que Guillermo Ojeda insistiera en el Instituto Goethe, a su regreso de Grafrath a París, con esa perseverancia y obstinación que le permitieron aprobar los exámenes de más alto nivel, en alemán, claro que un semestre de atraso respecto a *Madame* Salomon y a su Debbie Lágrimas, aunque el Morgan verde de capota caqui se estacionó siempre lindo para él y a la fragante hora en punto de cada lunes, miércoles y viernes, durante aquellos cinco maravillosos años, y también hubo tardes sin silbido alguno en el Museo Guimet y caminatas bordeando el Sena y sintiendo lo poquita cosa que era uno ante esos muelles que tanta agua vieron pasar ya...

... *Mademoiselle* Tiennot le cerró los ojos y había periodistas por lo de los ciento trece años de Guillermo Ojeda, el peruano más viejo que había existido jamás, en París en todo caso... No, por un tiempo no iría a la fosa común... Sí, al menos eso parecía haber decidido la autoridad municipal, en vista de... No, parientes nadie supo que tuviera, pues jamás mencionó a nadie que no fuera una señorita norteamericana que, además, ni siquiera debió existir, puesto que se apellidaba Lágrimas, y a una tal *Madame* Salomon que más sonaba a cuento de hadas o a cosas de los sueños de *monsieur Oyedá*, a quien nadie ganará nunca en eso de soñar despierto... No, no dormía nunca, no, y era muy católico, eso sí... Y miren, del pobre al menos sí que se apiadó Dios Todopoderoso, al cabo de tantos años de ruegos, pues en las últimas dos semanas de su vida le permitió recuperar cien por ciento, según él, todito el alemán que había olvidado. Esto lo hizo felicísimo y las últimas dos semanas realmente se las pasó habla que te habla en alemán, día y noche, con esas dos mujeres de su imaginación, aunque ya mucho más en el otro mundo que en éste, a juzgar por...

Madrid y Montpellier, 1996-1998